僕とカミンスキー

盲目の老画家との奇妙な旅

僕とカミンスキー

盲目の老画家との奇妙な旅

第1章

車掌がコンパートメントのドアをノックしたとき、目がさめた。六時を少し過ぎました、あと三十分で到着ですので。聞こえましたか？　はい、と小声で答えた。聞こえました。やっとの思いで身体を起こした。乗客は室内に僕ひとりで、三人分の席にまたがるようにして横になっていたのだ。背中が痛い。首のあたりも固く凝っている。昨夜見た夢のなかには、列車の走行音と廊下の声、それにどこかの駅でのアナウンスがまぎれこんできていた。何度も不快な夢を見ては飛び起きた。一度などは誰かが咳きこみながらドアを力いっぱい開け放ったので、立ち上がって閉めなければならなかった。目をこすって窓の外を見た。雨が降っている。靴を履き、トランクから古い電気カミソリをとり出すと、あくびをしながら廊下に出た。

トイレの鏡のなかで、青白い顔が僕のほうを見ている。髪が乱れていて、顔には椅子のあとがついている。電気カミソリをコンセントに差しこんだが、ぴくりとも動かない。ドアを開けると、車掌がまだ客室の廊下の奥にいるのが目に入ったので、すみませんと呼びかけた。

車掌は近づいて来ると、薄笑いを浮かべて僕を見た。この電気カミソリなんですが、動かないんですよ。電気が流れてないんじゃないですかね。もちろん電気は流れてますよ、と車掌は答えた。流れてませんよ、と僕が言うと、いや、流れていますと言い返された。流れてませんよ！　車掌は肩をすくめた。だったら配線に異常があるんでしょうが、私の手には負えませんね。でもこの程度のことは、客が車掌に対しておこなう最低水準の要求じゃありませんか！　男は、私は車掌じゃありません、と言った。乗務員なんですよ。どっちだっていいだろう、と言ってやったところ、それはいったいどういう意味なんだ、と言い返された。そんな取るに足らない職業がどんなふうに呼ばれようがどうだっていい、そういうことじゃないか！　男は、おまえのようなやつに侮辱される覚えはない、口に気をつけるんだな、一発お見舞いしてやってもいいんだぞと言った。やれるもんならやってみろ、と僕は応じた。どっちみち苦情を申し立ててやるから、おまえの名前を教えろよ。車掌は、誰が名前を教えたりするもんか、おまえはいやな匂いがするし、頭だって禿げるぞと言った。そして背中を向けると、立ち去った。

トイレのドアを閉め、心配になって鏡を覗いた。もちろん、どこも禿げてなどいない。あの馬鹿がどうしてあんなことを言ったのか、謎だった。顔を洗い、コンパートメントに戻って上着を羽織った。外ではレールや電柱、電線の数が次第に増えてきて、列車はスピードを落とし、もうホームも見えるようになっていた。広告ボード、電話ボックス、荷物のカートの脇にいる人々。

ブレーキがかかって停止した。

廊下をドアの方向へ進んだ。誰かがぶつかってきたので、脇へ押し返した。ホームに車掌が立っている。トランクをおろそうとすると、やつはそれを受けとり、僕の顔を見てほほえんでから、アスファルトの上に勢いよく落とした。「失敬!」車掌はにやつきながらそう言った。僕は列車から降り、トランクを手にしてその場を去った。

制服姿の男に、接続列車について質問した。男は僕に長い一瞥をくれたのち、くしゃくしゃになった小さな冊子をとり出すと、人差し指の先を丁寧に舐め、めくりはじめた。

「端末とか、ないんですか?」

男は何か問いたげな表情で僕を見た。

「別にいいんですよ」と僕は言った。「続けてくだされば」

男はページをめくり、ため息をついてからさらにページをめくった。「六時三五分発ICE、八番ホーム。乗り換えは……」

急いで足を進めた。こんな男の長話を聞いている暇などない。歩くのがつらかった。こんな早い時刻から起きているということに慣れていなかったのだ。列車は八番ホームに停まっていた。乗車し、車室のなかに入り、太った女を押しのけ、最後に残った窓際の空席に突進し、どすんと腰をおろした。数分後に列車は出発した。

向かいには、ネクタイを締めた骨ばった男が座っている。軽く会釈をすると、男はうなずき返したが、その視線は宙をさまよっていた。トランクを開けてメモ帳をとり出し、男とのあいだに位置する細長い台の上に載せた。男の本を落としてしまいそうになったが、もう落ちてしまうというその瞬間、男が手で押さえた。急がなければならない。その記事は三日前には書き上げておく必要があったのだ。

「すなわちハンス・バーリングは」と書きつけた。「洞察を通じて多くの試みに……」ちがう！「無数の試みに」いや、「重要な人々の生への」そうじゃないな、「権威ある人々の生への調査不十分な洞察を通じて」まったくうまくいかない。じっくりと考えた。「歴史的人物の生涯についての調査不十分な洞察を通じて、人々を死ぬほど退屈させようとする無数の試みに」いい調子だぞ、「さらにひとつを付け加えた。彼の出版されたばかりの、芸術家の」いやちがう、「画家ジョルジュ・ブラックの伝記は、失敗作と評することすら、その本にとっては過ぎたる光栄というものであって……」鉛筆を唇にはさんだ。ここでうまい表現が必要だ。この記事を目にしたときにバーリングがどんな顔をするかを想像してみたが、何も浮かんでこない。考えていたほど楽しい仕事ではなかった。

たぶん、疲れているだけなのだろう。顎をこすると、ざらざらした不精髭が不快に感じられる。どうしても髭を剃らなければならない。鉛筆を置き、頭を窓ガラスにもたせかけた。雨が降りはじめている。水滴がガラスにぶつかって、進行方向とは逆の方へ糸を引いた。まばたきをした。雨が強くなり、窓に衝突して広がるときに、顔や目や口のかたちをつくっているように見えた。目を閉じ、雨が当たるパラパラという音に耳を傾けながら居眠りをした。数秒のあいだ、自分がどこにいるのかわからなくなった。何もない広い空間をふわふわと漂っているような気がする。窓ガラスの全体を水の膜が覆い、木々は雨の重さを受けて傾いている。メモ帳を閉じてポケットに突っこんだ。前にいる男が何の本を読んでいるかが目に入った。ハンス・バーリングの『ピカソ最期の日々』だった。不愉快だ。嘲弄されているような気がする。

「ひどい天気ですね！」と僕は言った。

男は一瞬、目を上げた。

「それって、たいした本じゃないですよね？」僕はバーリングの駄作を指差した。

「面白い本だと思いますが！」

「専門家じゃないから、そんなふうに思うんですよ」

「そうかもしれません」男はそう言うと、ページをめくった。

ヘッドレストに頭を預けた。列車で過ごした一夜からずっと背中が痛んでいる。煙草をとり出した。少しずつ雨は弱まり、霞のなかから山々が姿を現している。煙草を一本、唇ではさんで箱から抜き出した。パチンと音を立ててライターの蓋をあけたとき、カミンスキーの《炎と鏡のある静物画》を思い出した。きらきらと輝く、まるでキャンバスから飛び出そうとしているかのような明るい色彩の集合体だ。ライターから尖った炎が立ちのぼった。あれは何年の作品だっただろう？　わからない。もっと予習をしなくてはいけない。

「禁煙車両ですが」

「何ですって？」

男は、目を上げようともせずに窓ガラスの禁煙マークを指差した。

「ふたくちか三口、吸いこむだけですよ！」

「禁煙車両ですが」と男は繰り返した。

僕は煙草を床に落とし、怒りのせいで歯を食いしばりながら、足で火をもみ消した。いいだろう、こいつがそう望むんならな。この先はひとことも口をきいたりしないさ。コメネウの『カミンスキー解読』をとり出した。やたらと不快な脚注がつけられている、印刷状態の悪いペーパーバックだ。もう雨はやんでいて、雲の切れ目から青空がのぞいている。いまもひどく眠い。しかしもう寝てはいられない。降りなければならないからだ。

ほどなく、僕は凍えながら口に煙草をくわえ、湯気の立つコーヒーの入ったカップを手にもって駅のホールをぶらついていた。トイレで電気カミソリのコードをコンセントに差しこんだが、動かなかった。つまりここでも、電気が通っていないのだ。書店の前のペーパーバックのスタンドには、バーリングの『レンブラント』と『ピカソ』があった。そしてショーウィンドウには、当然のようにハードカバーの『ジョルジュ・ブラック　あるいは　立体の発見』が置かれている。ドラッグストアで、使い捨てのカミソリをふたつとチューブ入りのシェービングフォームを買った。ローカル線の列車はほとんど無人だった。椅子のやわらかなクッションに身体を押し当て、すぐに目を閉じた。

目をさますと、髪が赤く、唇が分厚くて、細長い手をした若い女性が前に座っていた。じろじろと見てやったが、まったく気づかないふりをしている。視線がわずかに交わったとき、僕はほほえみを浮かべた。女は窓の外を見ていた。しかしそのあとは、あわただしく髪をかき上げ、神経質になっていることを隠し切れなくなった。僕は相手を見つめてほほえんだ。数分後、女は立ち上がり、バッグをつかんで車両から出て行った。

愚かな女だ、と思った。ひょっとするといまごろ、食堂車で僕を待っているのかもしれないが、もうどうだっていい。立ち上がる気になれない。蒸し暑くなっていた。岩肌のあちこちに細くちぎれた雲がへばりついている山々が、雲のベールのせいで近く見えたり遠く見えたりしている。いくつもの村、教会や墓地、工場が飛び去っていった。一台のオートバイが野道をゆっくりと走っている。それから牧草地、森、さらに牧草地。オーバーオールを着た男たちが、湯気の上がっているタールを道路に塗りつけている。列車が停止し、僕は下車した。

ホームはひとつだけだ。丸い差し掛け屋根、窓に鎧戸のついた小さな建物がひとつ、それに口髭をはやした踏切番の男がひとり。次に乗る列車について尋ねると、男は何か答えたが、方言が理解できなかった。もう一度尋ね、男も再度答えてくれようとした。僕たちは途方に暮れておたがいの顔を見ていた。それから、発車時刻の書かれた黒板のところに連れて行かれた。当然のようにその列車は発ったばかりであり、次が来るのは一時間も先だった。

駅のレストランでは、客は僕ひとりしかいなかった。もっと上のほうまで行くの？　まだかなりあるわね、と女主人は言った。休暇を過ごしに来たの？

仕事なんですよ、と僕は応えた。マヌエル・カミンスキーのところへ行くんです。

最高の季節ってわけにはいかないけど、何日かは快適に過ごせるわ。保証するわよ。

マヌエル・カミンスキーのところへ行くんです、と僕は繰り返した。マヌエル・カミンスキーですよ！

知らないわね、と女は言った。このあたりの人じゃないでしょう。

僕は、その人は二十五年前からここに住んでいますと教えてやった。

ほら、ここの生まれじゃないじゃない、と女は言った。わかってたのよ。台所のドアが勢いよく開き、太った男が、表面に浮いた脂が輝きを放っているスープを前に置いた。安心して口に入れられるものとはとうてい思えなかったので、ほんの少しだけ口に入れ、ここは本当に素晴らしいところですね、と女主人に言った。女は誇らしげな笑みを浮かべた。田舎だし、自然豊かで、それにまさにこの場所、この駅のなかが最高です。あらゆるものから遠ざかっていて、素朴な人々に囲まれています。

女は、いったい何をおっしゃりたいのかしらと訊いた。

インテリなんかいないということですよ。僕は女に説明してやった。大学出の、芸術家気取りの自慢屋なんてここにはいませんよね。みんなまだ、動物たちや野原や山々の近くにいられる。早く眠りについて、早く起きる。生きているのであって、思考したりしない。

女は額に皺を寄せて僕をじろりと見ると、外へ出て行った。代金ぴったりの額をテーブルの上に置いた。素晴らしく清潔なトイレで髭を剃った。これまでも一度だってうまく剃れたことはなかったのだが、今回も泡のなかに血が混じっていた。泡を洗い流してみると、とつぜん赤く剥き出しになった顔の上には、いくつも暗い色の筋ができていた。禿げるだって？　どうしてあいつがそんなことを思いついたのか、まったく見当もつかない！　僕が首を振ると、鏡のなかの像も同じ動作をした。

驚くほどちゃちな列車だった。小さな蒸気機関車のうしろに客車は二両だけ、座席は木製でトランクを置く場所もない。分厚い生地の仕事着を着た男がふたりと老女がひとり。老女がこちらを見て何か理解不能な言葉を口にすると、男たちが笑い、列車は動き出した。

急な上り坂を進んでいった。カーブにさしかかって列車が傾くと、重力のせいで体が木の椅子に押しつけられる。トランクが倒れた。男のひとりが笑ったので、怒りをこめたまなざしを送った。次のカーブ。さらに次のカーブ。眩暈がしてきた。横では峡谷が口を開けている。急角度で落ちこんでいく草地の斜面に、奇妙なかたちのアザミがはえているのが見えた。針葉樹が地面にしっかりと根を張っている。トンネルをくぐり抜けると峡谷は右側へジャンプし、さらにひとつのトンネルを過ぎるとまた左側へ戻った。牛糞の匂いがする。両耳にかすかな圧迫感を覚えた。唾をのみこむと消えたが、数分後にはまたよみがえり、今度はずっと消えようとしなかった。もう樹木はなくなり、柵で囲まれた牧草地と谷の向こう側の山々の輪郭だけが見えている。さらにひとつのカーブを経てブレーキがかけられ、僕のトランクは最後にもう一度倒れた。

降りて煙草に火をつけた。眩暈はおさまってきた。駅の裏には村道が通っていて、その向こうには二階建ての建物がある。木製のドアは風雨にさらされてぼろぼろになっており、窓の鎧戸が開けられている。ペンション・シェーンブリック、朝食つき、美味な食事。窓のひとつからは、鹿の頭が憂鬱そうにこちらを見ている。あきらめるしかない、予約したのはここなのだ。ほかはどこも高すぎたのだから。

フロントには、髪をピンで留めた大柄な女性がいた。女はゆっくりと話したし、それなりに努力はしているようだったが、彼女が言おうとしていることを理解するためには神経を集中しなければならなかった。もじゃもじゃの毛をした犬が、床をクンクンとかいでいる。僕は「トランクを部屋に運んでおいていただけますか」と頼んだ。「それから枕と布団をもうひとつずつ、それに紙をお願いします！　大量の紙が必要なんですよ。カミンスキーのところへは、どう行けばいいでしょうか？」

女は分厚い両手をカウンターの上にのせ、僕の顔を見た。犬は何かを発見したらしく、音を立ててそれを食べていた。

「お会いする約束がありましてね。僕は観光客じゃないんです。伝記を書くために来たんですよ」

女は考えこんでいるように見えた。犬が僕の靴に鼻を押しつけてくる。蹴飛ばしてやりたいという衝動を抑えた。

「ここの裏に回って」と女は言った。「道を登って行けばいいわ。三十分もすれば塔のある家が見つかるから。フーゴー！」

それが犬の名前であることを理解するまでには、少し時間が必要だった。「カミンスキーのことは、よく訊かれるでしょう？」

「誰に？」

「よくわかりませんが、休暇を過ごしに来た人とかファンとか、そういった人々ですよ」

女は肩をすくめた。

「そもそもカミンスキーって誰なのか、ご存知ですか？」

女は黙っていた。フーゴーは低いうなり声を発し、口から何かを落とした。そちらの方を見ないようにつとめた。トラクターがガタガタと音を立てて窓の外を通り過ぎた。礼を言って外に出た。

道は半円形の広場の奥のところからはじまり、二度大きく折り返したあたりで屋根の上の高さに達し、褐色がかった砂利だらけの一帯のなかを通っていた。深く息を吸いこんで出発した。考えていたよりも悲惨なことになった。ほんの少し歩いただけでシャツが身体にへばりついた。草地からは温かい蒸気が立ちのぼり、太陽は照りつけ、汗が額を流れた。あえぎながら立ち止まったのは、二度の折り返しを終えたばかりの地点だった。

ジャケットを脱いで肩に掛けたが、地面に落ちてしまったので、両方の袖を腰に回して結ぼうとした。目に入ってくる汗をぬぐった。さらに二度の大きなカーブのあと、休憩しなければならなかった。

地面に座りこんだ。頭のまわりで蚊がブーンという音を立てている。その高い音が急にやむと、数秒後には頬がかゆくなってきた。ズボンの布地を通して草の湿り気を感じる。立ち上がった。

おそらく、歩行と呼吸のリズムを合わせることに注意すればよかったのだろう。しかしうまくいかなかった。何度も休まなければならず、まもなく全身汗まみれとなった。呼吸が荒くなり、額には髪の毛が張りついている。とつぜんエンジン音が轟き、驚いて脇へ跳びのくと、トラクターに追い抜かれた。運転していた男は、どうでもよさそうな表情で僕の顔を見た。エンジンの振動に合わせて頭が揺れている。

「乗せてください！」と叫んだ。男はまったく気づいていない様子だった。置いていかれまいと走り、あと少しで飛び乗れるというところまで近づいた。しかしそこでつまずいて倒れてしまい、もう追いつくことはできなくなった。トラクターの男が坂をのぼっていき、次第に小さくなって最後の折り返しのところで見えなくなるまで、僕はずっと眺めていた。しばらくのあいだ、ディーゼルオイルの匂いが空気中に漂っていた。

三十分後、僕はついに登りきり、あえぎながら、意識がもうろうとした状態で木の杭につかまって身体を支えていた。うしろを振り返ると、斜面が急な勢いで谷底へ落ちこみ、空はさらなる高みへとせり上がっていくように見えた。あらゆるものが僕に向かって倒れこんでくる。杭にしがみついて眩暈の発作が過ぎ去るのを待った。あたりには、砂利とまじったような状態でまばらに草がはえている。目の前には、緩やかに下っている道があった。ゆっくりとそれに沿って進むと、十分後には、南側に向かって開けた小さな岩の盆地で行き止まりとなった。家が三軒、駐車場がひとつ、そして谷の方へ通じるアスファルトの道路がある。

じっさいそれは、幅の広い、舗装された道路だった！　ひどい回り道をしてしまったのである。そもそも、タクシーでここまで上がって来ることだってできたのだ。女主人の顔を思い出した。あの女め、このことを後悔させてやるからな！　数えてみたところ、駐車場には九台の車が停まっている。最初の家のドアの表札にはクルーア、二番目にはドクター・ギュンツェル、三番目にカミンスキーとあった。しばらくのあいだ、それを見つめていた。彼が本当にここに住んでいると考えることに慣れる必要があったのだ。

大きな家だったが、美的ではなかった。二階建てで、ユーゲントシュティールを大雑把に模倣したような装飾的な尖塔がついている。庭の門の前にはグレーのＢＭＷが停まっている。羨望の気持ちでその車を眺めた。一度はこんな車に乗ってみたいものだ。髪の毛をうしろに撫でつけ、ジャケットを羽織り、頬の蚊に刺された部分にさわってみた。すでに太陽は低い位置にあり、前の芝生には僕の影が細長く伸びている。ブザーを鳴らした。

第2章

足音が近づいてきた。鍵が回され、ドアが勢いよく開いた。汚れたエプロンをした女が、吟味するように僕を眺めた。名前を告げると、女はうなずいてからドアを閉めた。

もう一度ブザーを鳴らそうとしたとき、ドアが開いた。さっきとは別の女だ。四十代なかばで背が高く、痩せていて髪は黒、東洋人のような細い目をしている。名前を言うと、女は小さく手を動かしてなかに入るようにうながした。「あさっていらっしゃるんだと思ってたけど」

「ちょっと早く来れちゃったもんですから」あとを追って、何も家具が置かれていない廊下を進んだ。突き当たりのドアが開けっ放しになっていて、談笑する声がもれてくる。「お邪魔でなければよろしいんですが」そう言ったあと、僕はその女性に、まったく問題ないですよと断言するのに十分な時間を与えたつもりだったが、そういった言葉は発せられなかった。「しかし、道路のことは教えておいていただきたかったですね！　野道を通って上がってきたんですが、もう少しで転げ落ちてしまうところでしたよ。お嬢さんですよね？」

「ミリアム・カミンスキーよ」女はクールに言い放つと、別のドアを開けた。「ここでお待ちになっていただけるかしら」

足を踏み入れた。ソファーがひとつに椅子が二脚、窓台にはラジオが置かれている。壁には夕暮れの丘を描いた風景画が掛けられていた。おそらくカミンスキーの中期の作品、五〇年代はじめのものだろう。暖房機の上の壁は煤がついて変色し、天井からは何本か埃の糸が垂れ下がっていて、人間には感じられないかすかな空気の流れを受けて揺れていた。腰をおろそうとしたその瞬間、ミリアムが入ってきた。そして、誰であるかはすぐにわかったのだが、カミンスキー当人が姿を現した。

昔の写真で見たスマートな姿と比べて、これほど背が低く、ちっぽけで不恰好な男になっているとは想像もしていなかった。セーターを着て、濃い色のサングラスをかけ、片手はミリアムの腕の上、反対の手は白い散歩用ステッキにのせている。皮膚は茶色で皮革のような皺が寄っており、頬はだらんと垂れ下がっている。両手が異常に大きいという印象を受けた。もじゃもじゃの髪の毛が頭を取り巻いている。擦り切れたコーデュロイのズボンに体操靴という姿で、右側の靴は紐がほどけて床に垂れていた。ミリアムが椅子のところまで連れて行くと、老人は肘掛を手でさぐって腰をおろした。娘は立ったまま、僕を見つめている。

「ツェルナーさんか」とカミンスキーは言った。

僕はためらった。質問されているように思えなかったし、なぜかとつぜん心がくじけそうになり、そこから立ち直る必要もあった。手を差し出したが、ミリアムのまなざしを感じて引っこめた。いうまでもなく、愚かしいミスだった！　咳払いをした。「ゼバスティアン・ツェルナーです」

「ここに来ることになっていた人かね」

やはりさっきのは質問だったのか？「もしお許しいただけるなら」と僕は言った。「すぐにでもはじめられます。可能なかぎりの準備をしておりますので」僕はじっさい、二週間近くも調査をおこなってきた。たったひとつの事柄に対して、これほどの時間をさいたことはなかった。「どれほど多くのあなたのお知り合いを見つけたかを申し上げれば、きっと驚いていただけるでしょう」

「準備をして……」と彼は繰り返した。「知り合いを見つけた……」

小さな不安が頭をもたげた。この男は僕が話していることをわかっているのだろうか？　老人は顎を動かしており、頭を傾け、その視線は、もちろん錯覚に過ぎなかったのだろうが、僕の横を通り抜けて壁の絵に注がれているように思えた。助けを求めるためにミリアムのほうを見た。

「父には古い知り合いなんてほとんどいないわ」

「ほとんどいない、などということはないでしょう」と僕は言った。「パリだけを考えてみたって……」

「ご容赦願いたい」とカミンスキーが言った。「ベッドから出てきたばかりでね。二時間ものあいだ眠ろうと努力したんだがうまくいかなくて、睡眠薬を一錠のんで起きてきたんだよ。コーヒーを飲まなきゃならん」

「コーヒーは飲んじゃだめでしょう」ミリアムが言葉をはさんだ。

「起きる前に睡眠薬をのんだわけですか？」と僕は尋ねた。

「いつも最後まで待つのさ。薬なしじゃ眠れないことがはっきりするまでな。君が私の伝記作家というわけか？」

「僕はジャーナリストです。いくつか有名紙に原稿を書いてます。目下のところはあなたの伝記にとり組んでいるわけですが。いくつかお尋ねしたいことがあります。僕のほうでは、明日からでもはじめられます」

「記事？」カミンスキーは大きな手を上げて自分の顔を撫でた。顎が動いている。

「明日？」

「あなたは主に、私と作業をすることになるのよ」とミリアムが口をはさんだ。「父には休息が必要だから」

「休息などいらん」とカミンスキーは言った。

ミリアムは片手を、その手とは反対側のカミンスキーの肩にのせ、父親の頭ごしに僕に向かってほほえんでみせた。「お医者様方のご意見は、そうじゃないわよね」

僕は言葉を選びながら「あらゆるご協力に感謝いたします」と言った。「しかし申すまでもなく、もっとも重要な対話のパートナーはお父上です。情報源そのものなのですから」

「私は情報源そのものだ」とカミンスキーは言った。

こめかみの両側をこすった。何かおかしなことになっている。休息だって？　僕にも休息は必要だ、誰にだって休息は必要じゃないか。馬鹿げている！

「お父上の大ファンなんですよ。お父上の絵は、完全に変えてしまいました……僕がものを見るときの、見方そのものを」

「それは嘘だろう」とカミンスキーは言った。

汗が噴き出してきた。もちろん嘘だったのだが、僕が過去に会った芸術家は、誰もがこの種の言葉を信じたのである。「誓って申し上げます！」僕は心臓の上に手を当て、その動作が彼に対しては何の意味ももたないことを思い出し、あわててその手をおろした。「ゼバスティアン・ツェルナー以上にあなたを崇拝している者はおりません」

「誰だって？」

「僕です」

「ああ、そうかね」

カミンスキーは頭を上げ、またおろした。一秒ほど、しっかりと見つめられたような気がした。

「あなたがこの仕事をやってくれて嬉しく思ってるわ」とミリアムが言った。「問い合わせはいくつもあったんだけど……」

「そんなに多くはなかったさ」とカミンスキーが言葉をはさんだ。

「出版社の人が、すごくあなたのことを推薦してたのよ。あなたを高く評価してるみたいね」

信じがたい言葉だった。クヌート・メーゲルバッハとはたった一度、オフィスで会ったきりなのだ。あのときやつは、両手を揉みながら室内を歩き回り、片手で棚の本を出したり戻したりしながら、反対の手はポケットに突っこんで小銭をジャラジャラいわせていた。僕は、もうすぐ到来するにちがいないカミンスキー・ルネッサンスについて語った。あらたに何本もの博士論文が書かれるでしょうし、ポンピドー・センターは特別展の準備を進めています。彼の記憶のドキュメンタリー的価値も無視できません。カミンスキーが何を見てきたか、誰と知人だったのかを忘れてはなりませんよ。マチスが師匠でピカソが友人、偉大な詩人のリヒャルト・リーミングは養父なんです。カミンスキーのことはよく知っています、というか、親友といってもいいぐらいの関係ですから、何でも率直に話してくれることは疑いがありません。あと、細かいことがひとつだけ解決されていませんが、それさえかたづけば、あらゆる関心が彼に向けられるでしょう。グラフ雑誌も彼のことを書きたて、絵の値段は高騰し、伝記は確実に成功を収めるでしょう。「それで、解決されてないことって何だね？」とメーゲルバッハは尋ねた。「もちろん、彼に死んでもらわなければならないってことです」メーゲルバッハはしばらく行ったり来たりしながら考えていた。それから立ち止まり、ほほえみをうかべて僕のほうを見ると、うなずいたのだった。

「そいつは嬉しいですね」と僕は言った。「クヌートは昔からの友人なんですよ」

「もう一度、名前を教えてくれんかね？」とカミンスキーが言った。

「いくつか、決めておかなくちゃいけないわ」とミリアムが言った。「私たちは……」

僕の携帯が鳴ったせいで、彼女はしゃべるのをやめた。携帯をズボンのポケットからとり出し、相手の番号を見てから電源をオフにした。

「いまのは何だね？」とカミンスキーが訊いた。

「あなたが活字にしようとしているものはすべて、一度私たちに見せてほしいの。協力させていただく代償としてね。いいかしら？」

僕はミリアムの瞳を覗きこんだ。目をそらすだろうと思ったが、奇妙なことに彼女は僕のまなざしをしっかりと受けとめた。数秒が経過したのち、僕は床の上へ、そして自分の汚れた靴へと視線を落とした。「ええ、もちろんです」

「それから、古い知り合いについてだけど、そんな人たちのことなんて気にしなくていいから。

私たちがいれば十分でしょう」

「おっしゃる通りです」

「明日はちょっと出かけなきゃいけないんだけど、あさってには、はじめられるわ。質問事項を見せておいてくれれば、必要な場合には父に訊いておくから」

僕は何秒間か黙ったままでいた。カミンスキーが息をするヒューヒューという音が聞こえる。唇が動くピチャピチャという音もした。ミリアムは僕を見つめている。

「承知しました」

カミンスキーが体を前にかがめると、咳の発作がはじまった。肩が激しく揺れ、老人は口に手を当て、顔を真っ赤にしていた。肩のあたりを叩いてやりたかったが、実行には移さなかった。咳が止まると、カミンスキーはまるで抜け殻になってしまったかのようにぴくりとも動かなくなった。

「じゃあ、もう何も問題は残ってないわね」とミリアムが言った。「村に宿をとっておられるのかしら？」

曖昧な口調で「ええ」と答えた。「下の村に」ミリアムは、この家に泊まってほしいと言いたいのだろうか？　だとすれば、素晴らしく遠まわしな意志表示ではないか。

「もうそろそろ、お客様のところに戻らなきゃいけないわ。じゃあまた、あさってに」

「お客様が来ておられるんですか？」

「ご近所のみなさんと、うちの画商がいらっしゃるのよ。画商の方はご存知かしら？」

「先週、お話をうかがったばかりですので」

「お伝えしとくわ」すでにミリアムは、ほかのことを考えているようだった。彼女は驚くほどの力をこめて僕と握手を交わし、父親が立ち上がるのを助けた。ふたりはゆっくりとドアに向かって歩いていった。

「ツェルナー」カミンスキーが立ちどまった。「年はいくつだね？」

「三十一です」

「どうしてそんなことをやってるんだ？」

「何のことですか？」

「ジャーナリストなんだろう。いくつかの大新聞に書いてるって言ったじゃないか。君は何をしたいんだ？」

「面白い仕事だと思ってます！　多くのことを学べるし、いろいろなことと関わりをもてます。たとえば……」

カミンスキーは首を振った。

「これ以外の仕事なんて考えられません！」

老人は、いらだたしげに杖で床を激しく突いた。

「よくわからないんです……なんとなく、この世界に入ってました。その前は広告代理店にいたんですが」

「それで？」

珍妙な問答に思えた。カミンスキーを見つめて真意を理解しようとした。しかし、彼の頭は胸に向かって落ちかかり、表情はうつろになった。ミリアムが父を部屋の外へ出し、ふたりの足音が遠ざかっていった。

ついさっきまで老人が座っていた椅子に座ってみた。陽光が斜めに窓から差しこみ、そのなかで銀色の埃の粒子が舞っている。ここでの生活は素晴らしいものにちがいない。想像してみた。ミリアムは僕よりも十五歳ぐらい年上だろうが、そんなことは我慢できる。ルックスはまだなかなかなものだ。カミンスキーはそれほど長くは生きていまい。そして家と金が残る。きっと作品も何点かは残る。僕がここに住んで遺産を管理し、場合によっては美術館を建てる。ついに偉大な作品、分厚い本を書く時間が得られるだろう。分厚すぎはしないが、書店の小説の棚に置かれるには十分に厚い本を書くのだ。ひょっとすると、カバーには義父の絵を使うかもしれない。あるいは、古典的絵画のほうがいいだろうか。フェルメールはどうか？　タイトルは暗い色の文字にして、糸で綴じ、厚みのある紙を使う。知り合いに頼めば、いくつか好意的な批評を書いてもらえるだろう。頭を振り、立ち上がって部屋の外へ出た。

廊下の突き当たりのドアは閉められていたが、まだ向こう側の声は聞こえる。ジャケットのボタンを留めた。いま求められているのは毅然とした態度であり、世慣れたふるまいなのだ。咳払いをし、早足で部屋に入っていった。

広い部屋だ。テーブルには食事の用意がなされており、カミンスキーの作品が二点、壁に掛けられている。完全に抽象的な絵画と、霧のかかった街の風景画だ。全員が手にグラスをもっていて、テーブルのまわりか窓辺に立っている。なかに入ると、会話が止まった。

「こんにちは！　ゼバスティアン・ツェルナーです」

すぐに緊張は解けた。穏やかな雰囲気になっていくのを感じた。ひとりずつ順番に手を差し出して握手を交わした。おそらくは村の名士と思われる中年男性がふたりと、首都からやって来たという銀行家がひとり。カミンスキーはぶつぶつひとりごとを言っている。ミリアムはあっけにとられた表情で僕を見つめ、何か言いたげな様子だったが、言葉は発しなかった。威厳にあふれた英国人の夫妻が、隣家に住んでいるクルーアです、と自己紹介をした。「作家のクルーアさんですか?」と尋ねると、「まあそんなところです」という答えが返ってきた。それからいうまでもなく、十日ほど前に話したばかりの画商、ボゴヴィッチがいた。こちらに手を差し伸べ、何かを考えこんでいる様子で僕の顔を見ている。

クルーアに「もうすぐ新しいご本が出るんですよね」と話しかけた。「何というタイトルでしたっけ？」

クルーアは妻のほうをちらりと見た。「『贋作者の恐怖』というものですが」

僕は「いいじゃないですか！」と言って相手の二の腕を軽く叩いた。「一冊送ってくださいよ、書評を書かせていただきますので！」ボゴヴィッチは、なぜかわからないが僕のことを覚えていないふりをしている。やつに向かってほほえみかけてやった。そのあとテーブルに近づくと、家政婦が眉を吊り上げて、僕のためにあらたにひと揃いの食器を置くところだった。「グラスもひとつ、もらえませんかね？」ミリアムが小声でボゴヴィッチに囁きかけると、ボゴヴィッチは額に皺を寄せ、ミリアムは首を振った。

全員が席についた。林檎と胡瓜のスープが出されたが、おそろしくまずかった。カミンスキーは「アンナは私のダイエットの専門家なんだよ！」と言った。僕は、ここまでの旅について話しはじめた。今朝の車掌の生意気な態度について、駅員の知識不足について、驚くほど変わりやすい天気について。

「雨は、やって来たかと思えば去って行くもんさ」とボゴヴィッチが言った。「それがいつものやり口なんだよ」

「まるで、トレーニングか何かをしてるみたいにね」とクルーアが言った。

それから、カミンスキーが誰であるかを本当に知らなかったペンションのオーナーの話をした。ありえないでしょう！　机を叩いたせいで、グラスがカチャカチャと鳴った。僕の情熱が周囲に広がっていくように感じられた。ボゴヴィッチは椅子を前に出したり下げたりしている。銀行家は小声でミリアムと話していたが、僕が声を大きくすると黙りこんだ。アンナがえんどう豆とトウモロコシのクーヘンを運んできた。ひどくパサついていて、呑みこむことなどほとんど不可能だった。どうやらこれが、本日のメイン料理のようだ。悲惨な味の白ワインが添えられている。これほどまずいものは食べたことがなかった。

「ロバート」カミンスキーが口を開いた。「君の小説について話してもらえないか！」

「小説っていうほどのものじゃないよ、堕落せざる魂のための控えめなスリラーといったところかな。ある男が偶然、ずっと以前に自分のもとを去った女を発見するんだが……」

僕は、つらかった登り道のことを話しはじめた。トラクターを運転していた男とその表情の真似をし、エンジンの振動で男が揺れていた様子を再現した。僕の演技のおかげで明るい雰囲気になった。登りきったときの様子、道路を発見して驚いたこと、郵便入れの名前を調べたことについて話した。「考えてもみてください！　ギュンツェルですよ！　何という名前でしょうか！」

「なぜだね？」と銀行家が尋ねた。

「だって、そんな名前の人が世のなかにいるでしょうか！」続いて、アンナが僕の前でどんなふうにドアを開けたかを話した。その瞬間、彼女がデザートをもって入ってきた。もちろんびっくりしたのだが、だからといって急に黙りこんだりしてはならないことは本能的にわかった。僕をじっと見つめたときの表情をまね、顔の前でドアを閉めた様子をやってみせた。どんな場合でも、真似をされている本人は最後までそのことに気づかないものである。そしてじっさい、家政婦はガチャンという音がするほど力をこめてトレイを置き、部屋をあとにした。ボゴヴィッチは窓の外を眺め、銀行家は目を閉じており、クルーアは顔を手で撫でている。静まりかえったなかで、カミンスキーが口を動かすピチャピチャという音が大きく響いた。

甘すぎるチョコレートクリームのデザートが出されたときには、派手な死をとげた芸術家、ヴェルニッケについて書いたルポルタージュの話をした。「ところでヴェルニッケはご存知ですよね？」奇妙なことに、誰もヴェルニッケを知らなかった。未亡人が皿を投げつけてきた瞬間の様子を話した。居間でのできごとで、皿は僕の肩に当たり、かなり痛かったこと。伝記を書こうとする者にとっては、夫人の存在は悪夢そのものですよ、今回の仕事を喜ばしく思っている理由のひとつは、奥様がいらっしゃらないということでして……おわかりになりますよね？

カミンスキーが手を動かすと、まるで命令でも受けたかのように全員が立ち上がり、外のテラスに出た。太陽が地平線に沈みこむところで、深紅の山肌が浮かび上がって見える。クルーア夫人が「きれいね！」と言った。その肩を夫がやさしい手つきで撫でている。僕はグラスに入ったワインを飲み干してしまい、誰か注ぎ足してくれる人がいないか、あたりを見回した。心地よい疲労を感じる。そろそろ宿に戻り、過去二週間におこなった取材のテープを聴きなおさなければならない。しかし、その気が起こらない。もしかすると、ここに泊まれと言ってもらえないだろうか。ミリアムの隣へ行って、空気を吸いこんだ。「シャネルですか？」

「何のこと？」

「香水ですよ」

「何を言ってるの？　ちがうわよ」ミリアムは首を振って僕から遠ざかった。「ちがうわよ！」

「まだ明るいうちに帰ったほうがいいと思うがね」とボゴヴィッチが言った。

「まだ大丈夫ですよ」

「遅くなると、帰る道がわからなくなるぞ！」

「ご自身の経験からおっしゃっているんですか？」

ボゴヴィッチはにやにや笑っていた。「私は外を歩いたりしないさ」

「街路灯なんてないんだから」と銀行家が言った。

「どなたか、車で送ってくだされればありがたいんですが」僕はそう提案してみた。

数秒間、沈黙があった。

「街路灯なんてないんだから」と銀行家が繰り返した。「もう下りていかなきゃ駄目だよ」

「そいつは正しい指摘だな」とカミンスキーがしわがれ声で言った。

「そのほうがはるかに安全だよ」とクルーアが言った。

僕はグラスを握っている力を強め、ひとりひとりの顔を見た。人々のあいだで、夕焼けの光がゆらめいている。咳払いをした。いまこそ誰かが、僕にもっとここに残っていてほしいと頼むべき瞬間だろう。もう一度咳払いをした。「それでは……帰ることにします」

「道に沿って行けばいいのよ」とミリアムが言った。「一キロ先に標識があるから、そこで左に曲がればいいわ。二十分もすれば着くから」

僕は彼女をにらみつけ、グラスを床に置き、ジャケットのボタンを留めて歩きはじめた。何歩か進んだとき、背後で全員がどっと笑う声が聞こえた。耳を澄ませたが、もう何を言っているのかわからなかった。風が、いくつかの言葉の断片だけを運んでくる。寒さを感じた。足を速めた。あそこを離れられたことが嬉しかった。気色の悪い、おべっか使いばかりじゃないか。やつらがカミンスキーのご機嫌をとろうとする様子は不愉快そのものだ！　あの爺さんは、まったく哀れな存在だ。

本当に、とつぜん真っ暗になった。道の先の方がどうなっているかを知るためには、目を細めなければならなかった。足元に草があるのを感じて立ちどまり、慎重に手探りでアスファルトのところまで戻った。谷のあたりでは、すでに街灯の明かりがはっきりと見えている。標識があったが、もう文字を読みとることはできない。そして、降りて行くべき道があった。

　足が滑り、僕はまるで倒れた棒のように長々とのびてしまった。腹が立って石をつかみ、谷のほうの暗闇に向かって投げた。膝を撫でながら、石が落ちて行くうちに少しずつ他の石を巻きこみ、どんどん大きな塊となって、ついにはがけ崩れを起こしてどこかの無邪気な歩行者を完全に埋めてしまうところを想像した。悪くない空想だと思ったので、もうひとつ石を投げた。自分がまだ道からそれていないかどうか、確信がもてない。足元で砂利がくずれ、またしても転倒しそうになった。寒い。身をかがめて地面に触れると、道路の硬く固められた表面を感じた。ここに座って夜明けを待つべきだろうか？　ひょっとすると凍死してしまうかもしれないし、その前に退屈のせいで死んでしまうかもしれない。しかしいずれにせよ、転落死することはない。

　いや駄目だ、そんなのは論外だ！　目が見えぬまま、一歩また一歩と足を踏み出し、小さな歩幅で体を前に進め、低木の茂みで身体を支えた。助けを呼ぼうかと考えていたまさにそのとき、家を囲む塀と、石で覆われた平らな屋根の輪郭が浮かび上がった。そして窓が見えた。閉められたカーテンの隙間から光がもれている。街灯の並ぶ通りに出ていた。角を曲がると、広場に到着した。革のジャケットを着た男がふたり、好奇心をむき出しにして僕を見ている。あるホテルのバルコニーでは、ヘアカーラーを巻いた女が胸にプードルを抱いており、犬がクンクンと鳴いているのが聞こえた。

ペンション・シェーンブリックのドアを押し開け、女主人を捜したが、見当たらなかった。フロントには誰もいない。自分の鍵をとって、部屋まで階段を上がっていった。ベッドの脇にトランクが置かれている。壁には、牝牛やエーデルワイスの花、もじゃもじゃの白い髭をはやした農夫といったものを題材とする水彩画が何点か掛けられていた。転んだせいでズボンが泥だらけになっていたが、ほかにズボンはもってきていなかった。しかし汚れなら、はたいて落とせばいい。それよりも、すぐに熱い風呂に入らなければならない。

浴槽に湯をためているあいだに、レコーダーと取材を記録したカセット、そして画集『マヌエル・カミンスキー全集』をトランクから出した。携帯の留守録を聞いた。エルケが、折り返し電話をしてほしいと懇願している。「アーベントナーハリヒテン」紙の文化欄担当者が、できるだけ早くバーリングに関する酷評を送れと言っている。それから、またしてもエルケだ。ゼバスティアン、電話してちょうだい、大事な用件なんだから！　さらに三度目のエルケ。バスティアン、お願いよ！　僕は別のことを考えながらうなずき、携帯の電源を切った。

何となく満たされない気分のまま、浴室の鏡に映った裸の自分を観察した。画集を浴槽の横に置いた。バスジェルの泡がかすかに音を立て、甘く気持ちのよい香りがする。ゆっくりと湯のなかに体を滑りこませたが、あまりの熱さのせいで数秒間は息ができなかった。自分が波のない広い海へ漂い出て行っているような気がした。それから、手探りで画集をさがした。

第3章

最初に目にされるのは、十二歳の少年の手によるへたくそなスケッチだ。羽根がはえた人間、人間の頭がついた鳥、蛇、空中に浮かんだ剣。才能を感じさせる要素はいささかもない。それにもかかわらず、パリで二年間、マヌエルの母と同棲した偉大なるリヒャルト・リーミングは、自らの詩集『路傍の言葉』に少年の絵をいくつか挿入した。戦争がはじまると、リーミングは亡命せざるをえなくなってアメリカ行きの船に乗り、大西洋上で肺炎にかかって死亡した。子供のころのふっくらとしたマヌエルが、セーラー服を着て写っている写真がふたつ。ひとつでは、眼鏡のせいで瞳がひどく大きく見え、もうひとつでは、強すぎる光を浴びせられて目を細め、まばたきをしているところがとらえられている。かわいらしい子供だとはいえない。ページをめくっているうちに、湿気のせいで紙に皺が寄ってきた。

次は象徴主義的な絵画だ。彼はそんな絵を、学校を卒業し、母が死んだ直後に何百枚も描いたのである。パリの賃貸アパートで暮らし、ドイツによる占領の時代には、スイスの身分証明書によって身を守られていた。のちにほとんどの絵を燃やしてしまったが、まだ残っている数少ない作品は、まったく悲惨なものである。背景は金色で、稚拙に描かれた鷹が森の上を飛んでいる。森からは、うつろな目をした人間の頭部がいくつも伸びている。セメントでできているかのように見える不恰好なクロバエが、花にとまっている。どうしてそんなものを描く気になったのか、不思議な感じがした。一瞬、画集が泡のなかにつかってしまった。きらきらと光る白色が紙の表面を登っていくように見え、急いで拭った。リーミングがずっと以前に書いてくれた推薦状を頼りに、カミンスキーはマチスに会うためにニースまで足を運んだが、まったく別なスタイルへ変えたまえという助言を受け、途方に暮れて帰宅した。終戦から一年後、クレランスの塩鉱を見学中に案内人からはぐれ、数時間ものあいだ無人の坑道をさまよった。発見され、助け上げられたあと、カミンスキーは五日間、自宅に閉じこもった。何が起こったかは誰にもわからない。しかしそれ以後は、まったく別な雰囲気の絵を描くようになった。

友人であり後援者でもあったドミニク・シルヴァがアトリエを借りる金を出してくれたので、そこを仕事場とした。遠近法、構成、色彩論について学び、すべての試作を廃棄し、あらたに描きはじめ、ふたたび廃棄しては、また描きはじめた。僕はさらにページをめくった。二年後、カミンスキーはマチスの仲介によってサン・ドニのテオフラスト・ルノンクール画廊で最初の個展を開いた。そこではじめて、新しい絵画シリーズ〈反映〉が披露されたのだった。

現在、それらの絵画はすべてニューヨークのメトロポリタン美術館に所蔵されている。描かれているのは、さまざまな角度で向き合っている鏡だ。無限へと続いていく、銀色がかった灰色の通路が口を開けている。その通路はかすかに歪んでおり、不気味な冷たい光に満たされている。枠の細部とかガラスの曇った部分といったものが増殖し、同じかたちのまま縮んでいく複製の集合体として、はるかに遠いところで視野から消えるまでずらりと並んでいる。いくつかの絵では、まるで不注意の結果としてそうなってしまったかのように、画家の小さな一部を見てとることができる。つまり筆をもった手、画架のはしっこといったものが、あたかも偶然であるかのように鏡にとらえられ、その数を増やされているのだ。ある絵では一本の蝋燭が、並んでちょろちょろと燃えている何ダースもの火の集合体としての大きな炎を生ぜしめており、また別の絵では、何枚もの紙で覆われたテーブルの甲板が描かれている。隅にヴェラスケスの《女官たち》の絵葉書が置かれているそのテーブルは、直角に交わるふたつの鏡にはさまれるように置かれており、それぞれの鏡がおたがいを映すことによって、さらに第三の鏡が生じている。そこでは事物が左右逆ではなくそのままの姿で映し出され、奇妙な左右対称のカオスが見られる。おそろしく複雑な効果というほかない。アンドレ・ブルトンは熱狂的な調子の賞賛記事を書き、ピカソは三点を購入した。カミンスキーは有名になりそうに思えた。だが、そうはならなかった。理由は誰にもわからないが、とにかく有名にはならなかったのだ。三週間後、個展は終了した。カミンスキーは作品を家にもち帰り、以前と変わらず無名のままだった。昆虫を想起させる大きな眼鏡をかけた写真が二枚、載せられている。カミンスキーは好業績をあげていた文房具店の店主、アドリエンヌ・マルと結婚し、十四か月間はそれなりに幸福な生活を営んだ。そのあとアドリエンヌは生まれたばかりのミリアムを連れて彼のもとを去り、婚姻関係は解消された。

お湯の蛇口をひねった。熱湯がどっと出てきたため、熱さのあまり声がもれそうになるのをこらえた。蛇口をしぼった。このぐらいでちょうどいい。本を浴槽の縁に置いた。彼に訊くべきことはたくさんある。目の病気のことはいつ知ったのか？　なぜ結婚は長くもたなかったのか？　塩鉱のなかで何があったのか？　ほかの人々の意見は、すでにテープに収めてある。しかし、本人の言葉がどうしても必要だ。彼がまだ語ったことのない事柄を聞き出したいのだ。僕の本が出版されるのは、カミンスキーが死ぬ前であってはならないし、死後長い時間がたってからでもだめだ。彼が人々の関心を集めるのは、ほんの短いあいだだけだろう。僕はテレビ番組に呼ばれ、カミンスキーの話をすることになる。画面の下のあたりには、白い文字で僕の名前と「カミンスキーの伝記作者」という肩書きが示されるだろう。これをきっかけとして、一流の美術雑誌にポストを得られるかもしれない。

いまや画集はすっかり湿っていた。残りの〈反映〉のページを飛ばしながら眺め、次の十年間の小規模な油絵、テンペラ画までたどりついた。カミンスキーはふたたびひとりで生活するようになっていた。ドミニク・シルヴァが定期的に金を渡してくれ、何点か作品を買ってくれることもあった。明るい色調になり、線の使い方も簡潔になった。識別可能性の限界ぎりぎりまで抽象化された風景画、都市の景観、粘り気のある霧のなかで溶解しかけているにぎやかな街路といったものを描いた。歩いている男のうしろには、その人物のぼやけつつある輪郭が引きずられている。山々は粥のような雲に包みこまれており、塔は背景からの強い圧力のせいで透明になりつつあるように見える。全体をはっきりと認識しようとしても無駄なのだが、ひとつの窓と思えたものが、やがて光の反射であることが明らかとなり、みごとな装飾が施された壁のように見えたものは、奇妙なかたちの雲であったとわかる。時間をかけて見れば見るほど、塔については何の痕跡も見出せなくなる。カミンスキーは最初のインタビューで、「とても簡単なことです」と言っている。「しかも途方もなく難しい。つまり、私は視力を失いかけています。それを絵に描いているわけです。それだけのことです」

僕はタイル貼りの壁に頭をもたせかけ、本を胸の上にのせた。《夜における色彩の光》、《瞑想的な祈りを捧げるマクダレーナ》、そしてとりわけリーミングのもっとも有名な詩にちなんだ作品である《眠たげな散歩者の思考》。鉛色の暗闇のなかで途方に暮れてさまよっている、ほとんどそれと認めることができない人物像。《散歩者》の絵は、もっぱらリーミングとの関連性からシュールレアリスムの展覧会に出品され、偶然クレス・オルデンバーグの目にとまった。二年後、オルデンバーグの仲介により、カミンスキーのもっとも出来の悪い作品のひとつ、《聖トーマスの審問》がニューヨークのレオ・カステッリ・ギャラリーでのポップ・アート展で人々の目にふれることになる。タイトルには「盲人によって描かれた」という語句がつけ加えられ、絵の横にはサングラスをかけた画家の写真が掛けられた。このことを耳にしたカミンスキーは激怒のあまりベッドから起きられなくなり、二週間ものあいだ、高熱をともなう流行性感冒に苦しんだという。起き上がれるようになったとき、彼は有名になっていた。

僕は慎重に両腕を伸ばし、最初に右、次に左の手をぶるぶると振った。本はかなり重たくなっている。僕のまなざしは、開いたドアを通過して、老いた農夫に届く。農夫は草刈り鎌を手にもっており、誇らしげにそれを眺めている。好ましい絵だと思った。じっさいのところ、僕が毎日文章を書いているような絵画に比べても、はるかに好ましいと思った。

とりわけ作者が盲人であるという噂のおかげで、とつぜんカミンスキーの絵画は世界に知れ渡った。自分にはまだものが見えている、という本人の主張を世間が少しずつ信じるようになってからも、元の状態に戻ることはなかった。グッゲンハイム美術館は特別展を催し、価格は眩暈を起こさせるような額にまで高騰した。ニューヨーク、モントリオール、パリでの展覧会の初日に、そのころは本当に愛らしい少女だった十四歳の娘と一緒にいる姿をとらえた写真がある。しかし、目の状態はさらに悪くなった。カミンスキーはアルプスに一軒家を購入し、世間から身を隠した。

六年後、ボゴヴィッチがパリで最後の個展を企画した。ふたたびテンペラによって描かれた巨大な絵画が、十二枚並んでいる。黄色や水色、目に突き刺さるような緑、透明感のあるベージュといったような明るい色ばかりが使われている。たがいに絡み合っている、何本かの流れと見えたものが、うしろに下がってみたり目を細めてみたりすると、とつぜん広大な風景を内に秘めていたことがわかる。丘陵、林、夏の驟雨にさらされているみずみずしい草原。鈍い光を放つ太陽の前では、雲がぼやけてミルクのような霞となっている。ゆっくりとページをめくった。これらの絵は気に入った。特にふたつの作品を長いあいだ眺めていた。次第にお湯が冷めてきた。

しかしこれらの絵は、好きにならないほうが正解なのだ。批評家からは、仮借のない批判を浴びせられたのだから。キッチュである、痛々しい逸脱だ、画家当人の病気を証明するものにほかならないといった表現がなされた。最後の一頁全体を占める大きな写真では、カミンスキーは杖をつき、サングラスをかけ、奇妙に明るい表情で展示会場を歩いているところをとらえられている。寒さを覚え、音を立てて本を閉じ、浴槽の脇へ置いた。本のまわりに大きな水たまりができていることに気づいたが、もう遅すぎる。悪態をついた。こんな状態になってしまった本なんて、教会のフリーマーケットですら売れないだろう。立ち上がって排水口をあけ、小さな渦ができて水が吸い出されていく様子を眺めた。鏡を覗きこんだ。禿げるだって？　そんなはずがない。

カミンスキーがまだ生きていると言うと、誰もが驚いた顔をした。老画家が、盲目であり、有名人であるということだけを世間に知られて、山岳地帯の大きな邸宅に身を隠して生きている。そんなことはありえないと思われた。僕たちと同じニュースに注目し、同じラジオ放送に耳を傾け、僕たちの世界の一部を成しているなんて、とても信じられない。僕は少し前から、そろそろ自分が本を書くべき時期が来ていることに気づいていた。僕のキャリアは悪くないかたちではじまったのだが、いまは停滞気味だ。最初は、何か論争を仕掛けるのがいいのではないか、誰か有名な画家とか、ある種の方向性に対して攻撃を加えるのはどうかと考えた。フォトリアリズムを絶滅させるというアイディアが浮かんだ。そのあと、逆にフォトリアリズムを擁護しようと思った。ところが、とつぜんフォトリアリズムは流行遅れになってしまった。それなら伝記を書くことにすればいいんじゃないか？　バルトゥス、ルツィアン・フロイトとカミンスキーのうち、誰にしようかと迷った。そのうちにバルトゥスは死んでしまい、フロイトはすでにハンス・バーリングのインタビューを受けたという噂が耳に入ってきたのだった。あくびが出た。体を拭いて、パジャマを着た。部屋の電話が鳴ったので、浴室から出て、何も考えずに受話器を手にとった。

「話があるんだけど」とエルケが言った。

「どうしてここの番号がわかったの？」

「そんなことはどうでもいいわ。話があるのよ」

本当に緊急の用なのだろう。エルケは、勤めている広告代理店の仕事で出張中のはずだ。ふだんなら、旅先から電話をしてくることはない。

「いまちょっと都合が悪いんだ。しなきゃいけないことがたくさんあってね」

「いますぐよ！」

「もちろんそうだよね。ちょっと待って！」受話器をもつ手をおろした。暗闇のなかで窓の前に立つと、山の頂上と青白い半月が見えた。息を深く吸いこみ、また吐いた。「どうしたの？」

「本当は昨日、話したかったのよ。でもあなたは昨日も、私が家を出るまで戻ってこなかったでしょう。いまだって……」

僕は受話器に息を吹きこんだ。「接続が悪いみたいだ！」

「ゼバスティアン、携帯電話じゃないのよ。接続に問題なんてないわ」

「ごめん！」と僕は言った。「ちょっと待ってくれるかな」

受話器をおろした。小さなパニックに襲われていた。彼女が言おうとしていることは想像がついた。それを耳に入れてはならない。電話を切ってしまおうか？　しかし、僕はすでに三回もそんなことをしているのだ。ためらいながら受話器を耳に当てた。「それで？」

「アパートのことなんだけど」

「明日、こっちから電話するんじゃ駄目かな？　やるべきことがたくさんあるんだ。来週そっちに戻るから、それから……」

「そういうわけにはいかないのよ」

「何が？」

「あなたは戻れないの。あそこにはね。ゼバスティアン、あなたはもう、私のところには住めないのよ！」

僕は咳払いをした。何か考えなければならない。単純で、説得力のあることを。いま考えないでどうする！　しかし、何も浮かんでこない。

「あのときあなたは、ほんの一時しのぎだって言ったじゃない。部屋が見つかるまで、たったの数日だって」

「そんなこと言ったっけ？」

「あれから三か月もたったわ」

「あいているアパートなんてめったにないんだよ」

「十分にたくさんあるわよ。このままでいいわけないでしょう」

僕は沈黙した。ひょっとすると、それがもっとも効果的なやり方かもしれない。

「それに私、つき合ってる人がいるのよ」

僕は黙っていた。エルケはどんな反応を期待しているだろう？　泣けばいいのだろうか。叫んだり、懇願したりすればいいのか？　それぐらいならやってもいい。彼女のアパートの様子が頭に浮かんだ。革張りの肘掛椅子、大理石のテーブル、高価なソファー。バー・カウンター、ステレオセットと薄型の大画面テレビ。本当に新しい恋人ができて、その男は代理店とか菜食主義とか、政治とか日本映画についてのエルケのおしゃべりに喜んで耳を傾けてくれるのだろうか？　とても信じられなかった。

彼女はしわがれ声で、「たいへんなことだっていうのはわかってるわ」と言った。「あなたには電話じゃなくて……直接言うべきだったわね。でも、話せる機会がなかったのよ」

黙っていた。

「このままでいいわけないってことはわかるでしょう?」

その台詞なら、もう聞いていた。しかし、本当にいまのままじゃいけないのだろうか？　僕の目には、あの居間がはっきりと見えていた。百三十平方メートル、やわらかいカーペット、窓からは公園が見える。日曜日の午後には、南からのやわらかな光が壁に当たるのだった。

「ぜんぜん信じられないよ」と僕は言った。「僕は信じない」

「とにかく信じてもらうしかないわ。もう荷物はまとめておいてあげたから」

「何をしてくれたって?」

「いつでもいいからトランクをとりに来てね。いやそうじゃなくて、私が出張から戻ったら『アーベントナーハリヒテン』の編集部まで運んでおくわ」

「編集部はまずいよ！」と僕は叫んだ。それは最悪の事態だ！

「エルケ、いま僕たちが話したことは忘れることにするよ。君は電話をかけてこなかったし、僕は何も聞かなかった。来週、話し合うことにしようよ」

「ヴァルターは、あなたが一度でも顔を出せば放り出してやるって言ってるわ」

「ヴァルターって？」

彼女は答えなかった。そいつがよりによってヴァルターなんて名前だなんて、そんな必然性が本当にあるのだろうか？

エルケは小声で「日曜に引っ越してくるのよ」と言った。

そういうことだったのか！ ようやく理解できた。住宅不足は、人間を驚くような行為に駆り立てるものなのだ。「じゃあ僕は、どこへ行けばいいんだろう？」

「知らないわよ。ホテルとか、誰か友だちのところにでも行けば」

友だち？ 税理士の顔が浮かんだ。次に、先週たまたま街で会った、昔の同級生の顔を思い出した。一緒にビールを飲んだが、何の話をしたかまでは覚えていない。僕の思考力は、ずっとそいつが何という名前だったかということに向けられていたのだ。

「エルケ、あれは君と僕のアパートだろう！」

「君と僕の、じゃないわ。あなた、一度だって家賃を払ったことある？」

「バスルームの壁を塗ったよ」

「ちがうわ、壁を塗ったのはペンキ屋さんよ。あなたは電話をかけただけじゃない。お金だって私が払ったんだし」

「僕の過ちを並べたてたいの？」

「そうしちゃいけないっていう理由でもあるかしら？」

「信じられないな」この言葉はもう言っただろうか？　「君にこんなことができるなんて、思ってもみなかったよ」

「あら、そうなの？」と彼女は言った。「私だって思ってなかったわ。思ってもみなかったわよ！　それでカミンスキーとは、どう？」

「すぐに打ちとけたよ。僕に好感をもってくれてるんじゃないかな。ただ、娘のほうが問題なんだ。娘が、カミンスキーをあらゆることから遮断してるんだよ。なんとかして、あの女を追い払わなきゃいけない」

「ゼバスティアン、幸運を祈ってるわ。ひょっとすると、あなたにはまだチャンスがあるかもしれないわね」

「それってどういう意味？」

答えはなかった。

「ちょっと待って！　教えてほしいんだ、どういう意味？」

エルケは電話を切った。

すぐに彼女の携帯にかけたが、エルケは出なかった。もう一度、かけてみた。音声応答システムの冷静な声が、メッセージを残してくださいと言っている。もう一度、かけた。さらにもう一度。九回試みたあと、あきらめた。

とつぜん、ペンションの部屋が不愉快な雰囲気に変わってしまったような気がした。エーデルワイスや牝牛、それにもじゃもじゃの髭をはやした農夫の絵に、何か恐ろしいものが潜んでいるように感じられる。外の夜の闇が、やけに近くまで迫ってきていて不気味だ。これが僕の未来なのだろうか？　ペンションと間借りしている部屋、ひそかに聞き耳を立てている女主人、昼時に台所から流れてくるいやな匂い、そして早朝に他の部屋の掃除機が立てる騒音、こんなのが未来であってはならない！

かわいそうなエルケは、たぶん頭が混乱しているのだろう。ほとんど気の毒にすら思えた。僕がよく知っている彼女なら、もういまごろは後悔しているはずだ。遅くとも明日になれば、泣きながら電話をかけてきて許しを請うに決まっている。僕を欺き通すことなんて、できはしないのだ。少し落ち着きをとり戻し、レコーダーを手にとってカセットを入れ、より正確に記憶をよみがえらせるために目を閉じた。

第4章

「誰を知ってるかって？」

「カミンスキーです。マヌエル・K―A―M―I―N―S―K―Iです。ご存知でしょう？」

「マヌエルね。ええ、知ってるわ」老女は、感情のこもっていないほほえみを浮かべた。

「それはいつごろですか？」

「それは何ですって？」

女は、溶けて固まった蝋のような皺だらけの耳をこちらに向けた。僕は前かがみになって叫んだ。「いつごろだったんですか！」

「びっくりさせないでよ！　三十年前だわ」

「五十年はたっているはずですが」

「そんなにはならないわよ」

「なってます。簡単な計算でしょう！」

「すごく真面目だったわね。暗い人だった。いつも影のなかにいるみたいでね。ドミニクが紹介してくれたのよ」

「そもそもお尋ねしたいのは……」

「パウリの歌はお聴きになったかしら？」老女は鳥かごを指差した。「この子、すごくきれいに歌えるのよ。あなた、ぜんぶ書きとめてるの？」

「そうです」

頭ががくんとうしろに傾いた。一瞬、寝てしまったのかと思った。しかし、そのあと老女はぴくりと体を動かし、また頭を起こした。「いつも言ってたわ。僕はずっと無名のままだろう、それから有名になって、また忘れられるだろうって。書いてる？　だったら……私たちが知らなかったってことも書いておいてね」

「何を知らなかったんですか？」

「人がこれほどまでに老いることができるっていうことよ」

＊

「もう一度、お名前を聞かせてもらえるかね？」

「ゼバスティアン・ツェルナーです」

「大学から来られた？」

「ええまあ……大学から参りました」

老人は荒い息づかいをしていた。その手は、禿げ頭の上をゆっくりとさまよっている。「ちょっと考えさせてくれたまえ。知り合ったときのことかね？　ドミニクに、あの生意気なやつは誰なんだって訊いたら、まるで何か深い意味でもあるみたいに、カミンスキーじゃないか、と言われたもんさ。もうご存知かもしれんが、あれは私が書いた曲が演奏されたあとだった」

僕はうんざりしながら「興味深いお話ですね」と言った。

「やつはたいてい、誰にともなくほほえんでいるばかりだったな。尊大な男だった。知っておられるだろう、何もなしとげていないのに自分が偉大な人物だと思っているような輩がいることを……。そして、そういうことが現実になる場合もある。世界は騙されることを望んでるもんだ。私は交響曲にとり組んでいた。私の四重奏曲がドナウ・エシンゲンで演奏されて、アンセルメがOKを出したんだ……」

僕は咳払いをした。

「ああそうか、カミンスキーのことでいらっしゃったんだったな。私の話じゃなくてやつの話をするんだな、わかってるよ。一度、あの男の絵を見せられたことがあった。ドミニク・シルヴァの自宅でな。そう、ヴェルヌイユ通りのアパートだった。カミンスキー当人は、あくびをしながら部屋の隅に座っていて、何もかもが退屈だとでも言いたげだった。ああいうところも気に入らなかったよ、別にやつを悪く思っていたわけじゃないが。ところで、どこの大学からいらっしゃったんだね？」

＊

「私の誤解でなければ」とドミニク・シルヴァは言った。「食事の代金は君が払ってくれるんだな？」

僕は驚いて、「どうぞ、お好きなものを注文なさってください！」と言った。背後では、ヴォージュ広場の方向へ突進する車が大きな音を立てており、ボーイたちはたくみな動きで籐椅子のあいだをすり抜けている。

「君はフランス語がうまいじゃないか」

「たいしたことはありません」

「マヌエルのフランス語は、いつまでたっても最低のままだった。あれほど語学の才能がない人物には会ったことがない」

「あなたを捜し出すのは容易ではありませんでした」老人は痩せこけ、ぽきんと折れてしまいそうだった。奇妙に内側に向かって湾曲した顔面に、尖った鼻がついている。

「昔とはちがった状況のもとで暮らしているものでね」

僕は言葉を慎重に選びながら「カミンスキーのために、多くのことをしてこられたのですよね」と言った。

「それほどのことはしてないさ。私がやらなければ、他の誰かがやっていただろうし。やつのような人間は、かならず私みたいなのを見つけるのさ。あの男は裕福な家系に生まれたわけではない。父親は、ポーランド系スイス人かスイス系ポーランド人だったか忘れてしまったけれども、息子が生まれる前に破産し、死んでしまった。そのあと、母親はリーミングから財政的支援を受けたが、リーミングだって金持ちじゃなかった。マヌエルはつねに金欠だったんだ」

「家賃を払ってやったのでしょう?」

「そんなこともあったな」

「そして現在、あなたはもう……裕福ではなくなっている?」

「時代ってのは変わるもんさ」

「どんなふうに知り合ったのですか?」

「マチスの紹介だよ。ニースにいたマチスを訪ねたときに、リヒャルト・リーミングが世話をしている若い画家がパリにいるって聞かされたんだ」

「作品はどう思われましたか？」

「特に驚かされることもなかったな。でも、きっと変わるだろうと思った」

「なぜですか？」

「人柄によるものかな。何となく、期待ができる人物だという印象を受けてね。最初は、かなりひどい絵を描いていた。多くのものを詰めこみすぎたシュールレアリスム、といった感じのね。それがテレーゼと出会って変わったんだ」老人は上下の唇を強く噛みしめていた。まだ歯は残っているのだろうか。さっき彼が注文したのはステーキだったのだが。

「アドリエンヌのことをおっしゃっているのですか？」

「自分が誰の話をしているかぐらい、わかってるさ。ひょっとすると君は驚いているかもしれんが、私は耄碌してはおらんのだよ。アドリエンヌが現れるのはそのあとだ」

「テレーゼってどなたですか？」

「カミンスキーにとってのすべてでさ！　テレーゼがあの男をすっかり変えてしまったんだよ、本人は認めないだろうがね。君はきっと、塩鉱での体験のことは聞いてるだろう。あの話なら、やつはしょっちゅうしているからな」

「あさってカミンスキーのところへ行く予定です」

「ああそうしなさい、楽しい出会いになるだろう。しかし、テレーゼのほうが重要だったんだ」

「存じ上げませんでした」

「だったら、もっと前のことから話をはじめたほうがいいだろうな」

＊

「では、率直な意見をうかがいたいのですが。彼のことは偉大な画家だと思っておられますか？」

「当然、そう思っています」コメネウ教授は、僕の目を見ながら答えた。「最高ではないとしても！」

コメネウは両手を頭のうしろで組み、いきなり椅子をうしろに傾けた。顎髭は先がとがり、わずかに上向きの曲線を描いている。「じゃあ、順番に沿って話しましょうか。初期の作品についてもしっかりと語るべきです。そのあとで〈反映〉ですね。当時としてはまったく例外的なものでした。技術的にはきわめて素晴らしい。しかし、まったく不毛なものです。基本的なアイディアはいいのですが、あまりにしつこく、あまりに正確に、あまりに細密に展開されている。テンペラで巨匠のように振舞ったからといって、事態はよくならないのです。ピラネージを想起させる部分も多すぎる。そのあと《色彩の光》、《散歩者》、街の風景。一見すると、素晴らしいものに思えます。しかし、テーマという点では必ずしも緻密ではない。正直に言うならば、もし彼の失明のことを知らなければ……」コメネウは肩をすくめた。「オリジナルの作品をご覧になっておられますか？」僕は答えるのをためらった。ニューヨークへ行こうかとは考えてはみたのだ。しかし、金がかかりすぎる。そもそも、画集というものは何のために存在しているのか？「もちろんです！」

「それなら、かなり不安定な筆づかいがなされていることにお気づきになったことでしょう。倍率の高いルーペを使ったのではないでしょうか。以前の技術面での完璧さとは、比較になりません。そのあとはどうでしょう？　いや、それについてはもう話させていただいたのでしたね。カレンダーの絵です！　このゴヤの摸倣画の、海辺にいる醜悪な犬をご覧になりましたか？」

「では、最初は技術過多で感情に乏しかった、それがのちに逆転したということですか？」

「そう言ってもいいでしょう」コメネウは組んだ両手を首のうしろまでおろし、椅子を水平に近いほど傾けた。「二年前のゼミナールでも、カミンスキーをテーマにとり上げてみたんですよ。若者たちは途方に暮れてましたね。カミンスキーはもはや学生には何も語りかけてこなかったのです」

「お会いになったことは？」

「ありませんが、会うことに何か意味があるでしょうか？　私の『カミンスキーへの注釈』が出たとき、一冊送りましたがね。何も反応はありませんでした。そんな必要はないと思ったんでしょう！　すでに申しましたが、彼はよい画家であり、その作品は時代と結びついている。ただし、偉大な絵画ではないということです」

「会いに行くべきだったんじゃありませんか」と僕は言った。

「何ですって？」

「本を書いて、返事を待っていたって何も起こりませんよね。相手のところまで行くべきなんです。奇襲をかけなければなりません。僕がヴェルニッケのポートレートを書いたときなんて……ヴェルニッケはご存知ですか？」

コメネウは額に皺を寄せて僕の顔を見ている。

「最初にそういう事態が起こりました。家族は口もきいてくれない。でも、帰りませんでした。玄関の前に立って、僕はいずれにしても彼の自殺について書くつもりです、あなたがたには僕と話すか話さないかという選択肢しかありません、と告げました。『それをお望みでないのなら』と僕は言いました、『あなたがたの立場は反映されないことになります。しかし、その気がおありなら……』」

「ちょっといいですか」コメネウは前かがみになり、鋭い目つきで僕を見た。「いったい何の話をしておられるのかな？」

＊

「長くは続かなかった。一年後には、テレーゼとは終わってたんだ」

ボーイが、炒めたポテトを添えたステーキを運んできた。シルヴァは、ひったくるようにフォークとナイフをつかんで食べはじめた。呑みこむ動作のたびに喉が震えるのが見えた。僕はコカコーラを注文した。

「テレーゼは本当に特別な存在だった。カミンスキーのなかに、そのとき彼が何者であるかではなく、何者になる可能性を秘めているかを見てとったんだな。そして、彼をそれにならせたわけだ。テレーゼが一枚の絵を見て、ごく小さな声で、いつも鷲じゃなきゃいけないのかしら、と言ったときのことを覚えてるよ。あのときの『鷲』という言葉の響きを、君にも聞かせてあげたいもんだ。それがカミンスキーの象徴主義時代の終わりとなった。素晴らしい女性だったよ！　アドリエンヌとの結婚は、テレーゼとの関係の失敗した鏡像に過ぎなかったんだ。アドリエンヌはほんの少し、テレーゼと似てたからな。もっと説明したほうがいいかね？　言ってみれば、彼はテレーゼの影を振り払うことができなかった。どんな人生にも決定的な破局が存在するとすれば……」シルヴァは肩をすくめた。「……あの結婚がそうだった」

「しかし、ミリアムはアドリエンヌが産んだわけですよね？」

「あの子が十三歳のとき、母親は死んだ」思い出すことが苦痛をもたらしているかのように、シルヴァは視線を宙にさまよわせた。「そのあと、娘は地の果てにある家で暮らしていた父を訪ね、それ以後はすべての面倒を見てやっている」どう見ても大きすぎる肉の塊が、口のなかに押しこまれた。ふたたび話せるようになるまでには、しばらく時間が必要だった。僕は、老人の口もとを見ないようにつとめた。「マヌエルなら、いつだって自分にとって必要な人間を見つけ出したことだろう。あいつは、世界には自分に対してそんなふうにしてくれる義務があると思ってた」

「なぜテレーゼは彼を捨てたんでしょう？」

老人は答えなかった。ひょっとすると耳がよく聞こえないのかもしれない。マイクをさらに近い位置にずらした。「なぜ……」

「知るもんか！　ツェルナー君、あらゆることに関してやたらと多くの説明がなされるし、何通りもの解釈が存在するもんだ。そして結局のところ、そのなかでいちばん陳腐なものが真実なんだ。何が起こったかは誰にもわからんよ。ある人のことを他人がどう思っていたかなんて、わかるやつはいないだろう！　そろそろ終わりにしたほうがよさそうだな。もうこれ以上、人が私の言葉に耳を傾けているという状況に耐えられんよ」

驚いて相手の顔を見た。小刻みに鼻が震えている。フォークとナイフを置き、飛び出した目で僕を凝視している。何が気に障ったのだろう？　僕は老人の顔色をうかがいながら、「あと少しだけ質問があるのですが」と言った。

「わからんのかね？　これじゃまるで、彼が死んでしまったみたいじゃないか」

＊

「一度、舞台の新作が上演されたときだったが」男は背中を伸ばして座っていて、禿げ頭をこすり、二重顎を撫で、額に皺を寄せた。僕は考えていた。もう一度、あんたの作曲の話をはじめるつもりなら、このマイクを口のなかに突っこんでやるぞ！

「カミンスキーは初日にテレーゼ・レッシングと姿を現した。飛びぬけて知的な女性だったな。彼女があいつのどんなところを気に入ったのか……まったく謎だよ。あれは、最良の意味における前衛的な芝居だった。一種の黒ミサがとりおこなわれ、俳優は血まみれのメークをして、ねじ曲げられた十字架の下でパントマイムをおこなうんだ。しかし、あのふたりはずっと笑ってたな。最初は忍び笑いをしていて、そのせいで他の客全員が芝居に集中できなくなっていたんだけど、途中からは大声で笑い出した。最後には、劇場の外につまみ出された。しかしもちろん、雰囲気は台無しにされていた。あるいは、台無しというほどではなかったかもしれん。わかってもらえると思うけど、いずれにしたって遠い昔のことだから。テレーゼが死んだあとでカミンスキーは結婚した。しかし奥さんが、まあ当然のことだったんだろうが、ドミニクのところへ行ってしまってからは、まったくやつの姿は見かけてないな」

「ドミニクのところへ、ですか？」

「知らなかったのかね？」額の皺が深くなった。眉毛はそり返って藪のようになっている。顎が小さく動いた。「どんな調査の仕方をしてるんだね？　あの男は私のコンサートには一度も来なかった。何の興味も示さなかった。あんな時代はもう二度と戻って来ないだろう。アンセルメが私の組曲を指揮しようとしたんだが、実現しなかった。それというのも……何だね、もう時間なのかね？　もう少し、ここにいればいいのに。いくつか面白いレコードがあるんだよ。いまでは、ここでしか聴けなくなってるやつなんだから！」

＊

「そもそも彼の絵のことは、どう思っておられますか？」メーリング教授は、眼鏡の縁ごしに僕に向かって鋭いまなざしを投げかけた。

僕は「最初は技術が過剰で、感情が少なすぎました」と答えた。「のちに、それは逆になったわけですが」

「コメネウもそう言ってますね。しかし私は、それは誤っていると思います」

「僕もそう思います」早口でそう言った。「ひどい偏見ですよ！」

「それにコメネウは、二十年前にはまったく別なことを言っていたのですよ。しかし、あのころはカミンスキーはまだ流行のまっただなかにいたんですね。一年前、大学の授業でカミンスキーを徹底的に研究したんですが、学生たちは熱狂していましたよ。私は、後期の作品が不当に扱われているとも思っています。時が経過すれば、それも是正されるでしょうが」

「彼の助手をなさっていたのですね？」

「ほんの短いあいだです。十九歳のときでした。父がボゴヴィッチの知り合いで、彼の紹介でそんなことになったんですね。顔料を溶く作業をやらされました。あの人は、絵の具は自分たちでつくるほうが、力強い色彩が得られると考えていたんですよ。私に言わせれば、単なる奇癖みたいなものですがね。しかし私は、とにかくあの高地の家で暮らすことを許されて、これはまったくの余談ですが、お嬢さんにかなり熱を上げていました。すごく美人で、そもそも父親以外の人間には誰にも会わないような人だった。私にも、あまり興味を示してくれませんでした」

「彼が絵を描く現場に立ちあったのですか？」

「あの人は大きなルーペを使わなければ描けませんでした。宝石屋みたいに、ルーペを頭に固定していましたよ。かなり神経質で、怒りのあまり筆をへし折ってしまうようなこともありました。それに、私の仕事がのろいと思ったときには……まあその話はやめておきましょう。彼が仕事をする様子を想像するのは難しいと思いますよ！　どんな絵も厳密な計画を立て、たくさんスケッチをおこなっていました。しかし、色を混ぜる作業は、もううまくできなくなっていたのです。

一か月後、私はその仕事をやめました」

「まだ連絡はとっていますか？」

「クリスマスカードは送っています」

「返事は来ますか？」

「ミリアムが返事をくれます。それ以上のことは期待できないんじゃないでしょうか」

＊

「十分間だけですよ」ボゴヴィッチは落ち着かない様子で髭を撫でていた。窓の向こうにはパレ・ロワイヤルの壁が浮かび上がっており、書き物机の上にはデヴィッド・ホックニーのスケッチしたカリフォルニアの邸宅の絵が掛かっている。「私が言えるのは、彼を父親のように愛していたということだけです。ああどうぞ、録音してくださっていいですよ！　父親を愛するように愛していた、ということですね。知り合ったのは六〇年代の終わりです。まだ父が画廊を経営していて、カミンスキーの絵を扱えるようになったことをたいへん誇らしく思っていましたよ。あのころ、マヌエルは列車でやって来ていましたね。飛行機には乗らないんです。といっても、旅をするのは好きなんですよ。遠くまで車で行っていましたね。もちろん、誰かに運転してもらわなければならないわけですが。冒険好きな人なんですよ！　うちの画廊で、大型の風景画を預かったことがあります。おそらく彼の作品としては最高のものだったでしょう。二点はオルセー美術館に購入されそうになりました」

「何があったんですか？」

「別に何もありません。単に購入されなかったということです。ツォルナーさん、私は……」

「ツェルナーです！」

「……数多くの創作力あふれる方々と知り合ってきました。すばらしい人たちに出会ったものです。しかし、天才はひとりだけです」

ドアが開き、体にぴったりしたブラウスを着た助手の女性が入ってくると、何かが書かれた紙を置いた。ボゴヴィッチは何秒間か目をやり、脇に押しやった。僕は助手を見つめてほほえみかけたが、目をそらされた。しかし僕には、彼女に好感を抱かれているという確信があった。いまどき珍しいほど内気な女性なのだ。彼女が出て行くとき、軽く触れてみたいと考えて、目立たない程度に体を傾けたが、彼女はよけていった。ボゴヴィッチにウィンクをすると、眉をしかめられた。もしかすると、同性愛者なのかもしれない。

「年に二回、会いに行ってますよ」と彼は言った。「また来週にも行く予定です。あんな田舎に引きこもってしまうなんて、意外でしたね。父がパリもしくはロンドンあたりに住むところを用意しようとしたんですが、カミンスキーはそれを望みませんでした」

「目は完全に見えないんでしょうか?」

「もしそれがおわかりになったら、ぜひ教えていただきたいですね！　最近はあまり調子がよくないようですよ。たいへんなバイパス手術もしましたし。私自身も病院に訪ねて行きました……いやちがいました、あれは父のときでしたね。でも、カミンスキーのためだったら同じことをしたでしょう。さっきも言いましたが、あの人が好きなんです。父のことは好きではありませんでしたがね。マヌエル・カミンスキーほど偉大な人はいません。ときには」ボゴヴィッチは邸宅の絵を指差した。「デヴィッドがもっとも偉大だと思うこともあります。あるいは、ルツィアンとか、ほかの誰かとか。それればかりか、自分ほど偉大な人間はいないと思うことすらあります。しかしそんなときは、すぐ彼のことを思い出して、自分たちなんて虫けらみたいなものだと気づくわけです」画商は次に、反対側の壁に掛けられた絵を指差した。暗い色をした海の浜辺に、腰を曲げた人物の姿が見える。その横には大きな、遠近法から逸脱した一匹の犬がいる。「この絵はご存知でしょう？　《色あせた海辺の死神》ですよ。これだけはぜったいに売りません」

　コメネウが、この絵の話をしていたことを思い出した。それともメーリングだっただろうか？　その絵についてどんなことを言われたか、気に入るのが妥当な絵だと言われたのかどうか、もはや覚えていなかった。深く考えもせずに、「あまりカミンスキーの絵のように見えませんね」と言った。

「どうしてですか？」

「それは……なぜかといえば……」僕は自分の手の平を眺めていた。「それは……タッチという点においてです。おわかりでしょう、タッチですよ。テレーゼ・レッシングについてはどんなことをご存知ですか？」

「その名前は聞いたことがありません」

「交渉をなさるときは、カミンスキーはどんな様子なんですか？」

「ミリアムが全部やるんですよ。十七歳のときからね。彼女は、弁護士と妻を合わせた以上の働きをしますから」

「ミリアムは結婚はしてないんですよね？」

「それがどうかしましたか？」

「ミリアムは、もうずっと長いあいだ父親のそばにいるわけじゃないですか。山の上で、あらゆるものから遮断されて。ちがいますか？」

ボゴヴィッチはクールな口調で「まあそんなところでしょうね」と言った。「もうそろそろ、おしまいにしていただけますかね。次は前もって日時を決めておいてほしいですな。いきなり訪ねて来られても……」

「もちろんですとも！」僕は立ち上がった。「来週、僕も行くんですよ。招待されていますので」握手を交わしたとき、ボゴヴィッチの手はやわらかく、少し湿っていた。「理想郷へ！」

「どこへ、ですって？」

「もし僕が金持ちになったら、《色あせた海辺の死神》を購入させてもらいますよ。どんな高値だって払いますから」

ボゴヴィッチは無言で僕の顔を見ていた。

僕は陽気な口調で「単なる冗談です！」と言った。「お気を悪くなさらないでください。ただの冗談なんですから」

＊

「あの爺さんが君に何と言ったか知らんが、私は知らんよ。アドリエンヌと暮らしたことなんてないさ！」

シルヴァに、もう一度会って話を聞かせてもらうことを承知させるのは容易ではなかった。何度も、どこでもお好きなレストランを選んでいただいていいのですと強調しなければならなかった。老人は頭を振った。唇がチョコレートアイスのせいで茶色く染まっている。あまり美しい眺めとはいえなかった。

「彼女のことは好きだったし、気の毒だとも思ったよ。私は、アドリエンヌと子供の面倒を見てやった。マヌエルには、まったくその気がなかったからだ。ひょっとすると、やつは私のことを不快に思っていたかもしれん。だが、それだけのことさ」

「誰の言うことを信じればいいんでしょう？」

「それは君の問題だろう、誰にも君を納得させる義務などないんだからな！」老人は上目づかいに僕の顔を見ていた。「もうすぐマヌエルに会うんだろう。しかし君には、やつがあの頃どんな様子だったたか、想像もつかんだろうな。あの男はあらゆる人間に、こいつはきっと偉大な存在になると信じさせることができたんだ。やつには、何でも望むものを与えてやらなければならなかった。そうしなかったのはテレーゼだけだった……」シルヴァはグラスに残った最後のアイスを掻きとると、スプーンの両側を舐めた。「テレーゼだけだった」老人は考えこんでいた。何を言おうとしていたのか、忘れてしまったようだった。

落ち着かない気分で「コーヒーはいかがですか？」と尋ねた。すでに出費の総額は、僕の財政状況を完全に上回っていた。メーゲルバッハとは、まだ諸経費の清算については話し合っていない。

「ツェルナー君、しかしすべてはもう完結してしまった物語なのさ！　じっさい、私たちはもう存在しておらんのだ。年齢というのは不条理なもんだよ。ここに存在しているのに、不在でもある。幽霊みたいにな」数秒間、彼の視線は僕を飛び越え、屋根とか通りの反対側のほうに向けられていた。喉のあたりは痩せ細り、血管がはっきりと浮き上がっている。「ミリアムはとても才能に恵まれていた。聡明で、ほんの少し短気だった。二十歳のとき、婚約者がいた。その男は家にやって来て、二日滞在してから帰った。そして二度と戻ってこなかった。カミンスキーのような男を父にもつというのは楽なことじゃない。あの子には、ぜひもう一度会いたいもんだ」

「そう伝えておきますよ」

「そんなことはしないでくれ」老人は悲しげにほほえんだ。

「あと少し、質問があるんですが」

「実は、私からも訊きたいことがある」

＊

「人がこれほどまでに老いることができるなんて、私たちは知らなかった。このことは書いておきなさい！　ぜったいに書くのよ」女は鳥かごを指差した。「パウリの歌はお聴きになってる？」

「テレーゼのことはよくご存知でしたか？」

「彼女がいなくなったとき、あの人は自殺しようとしたわ」

「本当ですか？」僕は上半身を起こした。

一瞬、老女は目を閉じた。まぶたも皺だらけだった。そんなものは見たことがなかった。「ドミニクがそう言ってたのよ。私がマヌエルにそんなことを訊いたりはしないから。誰だってそんな質問はしない。でも、あの人は完全に自分を見失っていたわ。ドミニクからテレーゼが死んだって聞かされてから、ようやく彼女を捜すのをやめたのよ。紅茶はいかが？」

「けっこうです。いいえ、いただきます。テレーゼの写真はお持ちですか？」

老女はポットをもち上げ、震える手で中身をカップに注いだ。「彼女に訊いてみればいいわ。ひょっとすると送ってくれるかもしれないから」

「誰に訊けばいいんですか？」

「テレーゼよ」

「だって死んでしまったんでしょう？」

「まさか。彼女は北のほうの、海に近いあたりに住んでるわ」

「じゃあ、死んでないんですね？」

「そうよ、ドミニクがそう言っただけなの。そうでもしなきゃ、マヌエルが彼女を捜すのをやめようとしないじゃない。私はテレーゼのご主人のブルーノが好きだったわ。とっても思いやりがあって、まるっきり別のタイプだった……。お砂糖は？　ブルーノが亡くなってから、もうずいぶんたつわ。ほとんどの人が死んでしまったわね」彼女はポットを置いた。「ミルクは？」

「けっこうです！　住所はわかりますか？」

「わかると思うわ。聴いてらっしゃる？　パウリの歌は素敵でしょう。カナリアはそうしょっちゅうは歌わないんだけど、うちの子は特別なのよ」

「どうか住所を教えていただけませんか？」返事はなかった。僕の言ったことが聞こえてないようだ。

僕はゆっくりとした口調で、「正直に申しますと」と言った。「僕はなんにも聞こえませんよ」

「何とおっしゃったの？」

「その鳥は歌ったりしてない。動いてもいない。それに、あまり元気でもないと思いますよ。どうか住所を教えてくれませんか？」

第5章

十時を少し回ったころ、窓からさしこんでくる陽光のせいで目がさめた。シーツも布団もベッドメイクされた状態のままで、その上に寝ていた。まわりには一ダースほどのカセットがちらばり、レコーダーは床の上に落ちている。遠くで教会の鐘の音が聞こえる。ぎこちない動作で起き上がった。

昨日、窓越しに見た鹿の頭の下で朝食をとった。コーヒーはお湯の味しかしなかった。隣のテーブルでは、男が自分の息子を叱りつけている。その子はうつむいて目を閉じ、自分がその場所にいないと思いこもうとしているようだった。フーゴーは耳をねかせてカーペットの上を這い回っている。女主人を呼んで、このコーヒーは飲めたもんじゃないですよと言った。女は無表情でうなずき、新しいポットをもって来た。どうも、と言ってやると女は肩をすくめた。今度のコーヒーは本当に濃く、三杯飲んだあとでは心臓が激しく脈打っていた。バッグを肩にかけて出発した。

昨日おりてきた道は、昼間の光のもとで見るとかなり広く、いささかも危険ではないように思えた。急斜面も、緩やかな花畑に姿を変えていた。二頭の牝牛が悲しげにこちらを見ている。部屋の絵に描かれていた老いた農夫によく似た、鎌を手にもった男が何か理解不能なことを叫んだ。会釈をすると男は笑い、まあどうでもいいといった感じで軽く手を振った。標識のところまで来たとき、僕の呼吸はほとんど乱れていなかった。

足を速めて登っていった。十分もたたないうちに駐車場と家並みが見えてきた。例の小さな塔が空へ鋭く突き出しており、庭の門の前にはグレーのBMWが停まっている。ブザーを鳴らした。アンナが敵意をむき出しにして、いま来ていただいても困りますが、と言った。カミンスキーさんは体調がすぐれません。昨日は、ゲストの方々にお別れの挨拶もなさらなかったんですよ。

僕は穏やかな口調で「それはよくないですね」と言った。

そうです、と彼女は言った。よくないのですよ。また明日、いらしてください！

僕はアンナの横を通りぬけ、廊下とダイニング・ルームを通ってテラスに出ると、目を細めた。山々のなしているいくつもの半円形が、昼間のまぶしい光に縁どられている。アンナが追ってきて、私の言ったことがわからなかったんですか、と訊いた。僕は、できればお嬢さんと話したいのですが、と応えた。アンナは僕の顔を凝視し、両手をエプロンで拭くと家のなかへ入っていった。僕は庭に置かれた椅子に座って目を閉じた。顔の上に、陽光の暖かさがやわらかく落ちかかってくる。これほど澄み切った空気は吸いこんだことがない。

いやちがう、一度あった。クレランスでのことだ。僕はよみがえってくる記憶を払いのけようとしたが、それは難しかった。

あのときは午後四時ごろ、観光客の一団に加わったのだった。鋼鉄製のゴンドラが大きな音を立てて下っていった。女性たちはヒステリックな笑い声をあげ、足元から氷のように冷たい風が吹き上がってくる。数秒間、完全な闇となった。

天井の低い通路を、黄色い電球を使ったランプが照らしている。鋼鉄の防火扉がキーキーという音を立てて開いたり閉じたりしていた。「迷子にならないように気をつけてください！」ガイドが先頭に立ち、足を引きずりながら歩いていた。アメリカ人が写真を撮っている。ある女性は好奇心をむき出しにして、石の表面を走る白い筋を撫でている。空気は塩の味がした。五十年前、ここでカミンスキーは行方不明になったのだ。

ガイドが鉄の扉を開け、僕たちは角を曲がった。それは、彼の視力が弱かったせいで起こった事件だと言われている。僕は一瞬、目を閉じて手探りで前へ進んでみた。これから書く本にとって重要な場面だ。自分がカミンスキーだったなら、と想像してみた。よたよたと歩き、目を細めてまばたきをし、手探りをし、叫び、ついには立ち止まり、誰も聞いている人がいないことに気づくまでずっと叫び続ける。このエピソードを強烈に、できるだけ劇的に描写する必要がある。

出版の前に、発行部数の多い雑誌にこの部分を掲載してもらわなければなるまい。誰か馬鹿なやつがぶつかってきたので罵ってやったところ、相手も同じことをした。他の誰かが肘に触れた。人々がこれほどまでに不注意に振舞っているのは驚くべきことだった。しかし僕は、眼をあけたいという誘惑に屈しなかった。静寂のなかで彼の声がどんなふうに反響したかを、どうしても描写しなければならないのだ。小声で「静寂のなかの反響」と言ってみた。耳に入ってくる音で、ほかの連中が左のほうへ曲がっていったように思った。壁から離れ、気をつけながら何歩か進むと反対側に壁があり、それに沿って進んだ。声のあとを追った。次第に感覚が研ぎ澄まされてきた。ドアが閉まる音が聞こえ、反射的に目をあけた。ひとりきりだった。

三つのランプに照らされた短い通路だ。ドアは十メートル以上も先にあるのに、音があれほど近く聞こえたことに驚いた。急いで駆け寄ってドアをあけた。そこにもランプがあり、低い天井では金属製の管が伸びている。誰もいない。

通路の反対側の端まで戻った。では連中は右のほうへ行ったのだろう、きっと聞き間違えたのだ。息を吐くたびに小さな雲ができる。ドアまでたどりついたが、鍵がかかっていた。

額の汗をぬぐった。寒い場所なのに、暑さを感じていた。こうなったら戻るしかない。分岐点まで行って、また左へ、最初にやって来たところに戻るのだ。立ち止まり、息を止めて耳を澄ませた。声は聞こえない。何も聞こえてこない。これほどの静寂は体験したことがなかった。早足で通路を進んでいった。次の分岐点で足が止まった。右のほうから来たんだっけ？　もちろんそうだ、右からだ。では次は左へ進もう。鉄の扉は何の抵抗もなくあいた。ランプ、管、またしても分岐点。人の姿は見えない。僕は迷ってしまったのだ。

笑うしかなかった。

最後の分岐点まで戻り、左へ曲がった。またドアがあったが、その向こうの通路には明かりがなく、地上には存在しないような闇で満たされていた。驚いて扉を閉めた。きっともうすぐ次のグループが案内されて来るだろう。そうでなくても、ここには作業員がいるはずだ。この塩鉱では、まだ採掘が続けられているのだから。耳を澄ませた。咳払いをし、叫んだ。驚いたことに反響はなかった。石が僕の声を呑みこんでしまったかのように思えた。

右のほうへ曲がり、まっすぐ進んでひとつ、ふたつ、三つとドアを通り抜けると、四つめは閉まっていた。論理的に思考して解決するしかない！　左に向きを変え、鉄の扉をふたつ通り抜け、分岐点に出た。ガイドは、これらの扉は火災が起こったときに空気の流れを遮断するためにあると説明していた。扉がないと、たったひとつの炎があっというまに塩鉱の全体に広がってしまう恐れがあるというのだ。火災検知器はあるのだろうか？　一瞬、何かに火をつけてみてはどうかと考えた。しかし、燃やせそうなものは何ももっていない。煙草すらも切らしていた。

結露による水滴が管についていることに気づいた。これは当たり前のことなのだろうか？　ふたつのドアを試してみた。ひとつは鍵がかかっており、もうひとつの向こう側には歩いた覚えのある通路があった。煙草を買っておけばよかった。地面に座りこんだ。

誰かが来てくれるだろう。まもなく来てくれるだろう。それにはまったく疑いの余地がない。坑内がそれほど広いはずもない。夜になると、明かりは消されてしまうのだろうか？　地面はひどく冷たく、座り続けていられなかった。立ち上がって叫んでみた。さらに大きな声で叫んだ。何の効果もないことが明らかになった。声が枯れるまで叫んだ。

もう一度腰をおろした。馬鹿げた思いつきであったが、携帯をとり出した。しかし、当然のことながら圏外だった。塩鉱のなかほど外部から遮断されている場所もめったにないだろう。これが単なる困った状況なのか、真の危険なのかについては判断がつかなかった。頭を壁にもたせかけた。一秒ほどのあいだ、蜘蛛を見たと思ったが、ただの染みだった。こんな地下深くには虫はいないのだ。時計に目をやると、ちょうど一時間たったところだった。時間が速く進んでいるように思えた。あるいは、僕の人生の歩みがのろくなったかのようだった。ひょっとすると、時計が狂っているだけなのかもしれない。もっと歩いてみるべきか、ここで待つべきか？　とつぜん眠気に襲われた。わずかな時間だったが、目を閉じた。

石の表面を走っている筋を眺めた。重なり合い、合流してひと筋になっているところもあるが、川の支流がそうであるように、筋と筋が交差することはなかった。世界の深奥部を、果てしなく緩慢に塩の川が流れているのだ。眠りこんじゃだめだ、と自分に言い聞かせた。何人かの声が語りかけてきていて、それに返事をしているような気がしていた。どこかで誰かがピアノを弾いている。そのあと、僕は飛行機に乗っていた。輝いている広大な風景が見える。山々、街、遠くにある海、人々が通りすぎ、子供がひとり笑っている。時計を見たが、目の焦点がうまく合わない。立ち上がるのがつらかった。寒さで体が硬直している。鋼鉄の扉が開いたので通り抜けると、そこはエルケのアパートの居間だった。エルケは僕が帰るのを首を長くして待っていたのだ。彼女が近づいてきたので、僕は喜びのあまり両手を広げた。目をあけると、僕は地面に座っていた。頭上には水滴のついた管があり、坑内ランプの黄色い光のなかにいて、ひとりきりだった。

六時少し前だった。もう二時間もここにいるのだ。寒さで体が震えている。立ち上がって足踏みをし、パチパチと手を叩いた。坑道を端まで進み、右へ、左へ、右へ、さらに左へと曲がった。立ち止まり、両手を石に押しつけた。

驚くほどどっしりとした感じが伝わってきた。額を石につけて、このまま自分が死んでしまうと考えることに慣れようとした。何か書き残しておくべきだろうか？　最後のメッセージを――しかし、いったい誰に宛ててメッセージを残せばいいのか？　ひざまずいたとき、肩の上に手がのせられた。髭をはやしたガイドが立っており、そのうしろにはヘルメットをかぶり、カメラやビデオカメラを手にした人々が一ダースもいた。「ムッシュー、何をしておられるんですか？」

僕は立ち上がり、自分でもわからないことをつぶやきながら涙を拭き、観光客の集団に加わった。日本人がふたり、興味深そうに僕を眺めている。ガイドがドアをあけると、がやがやという声が押し寄せてきた。坑道は人であふれていた。みやげもののスタンドでは、絵葉書、岩塩の結晶、ミルクのような塩湖のスライドなどが売られている。階段の位置を示す〈出口〉という標識があった。数分後には、僕は金属音を響かせるゴンドラに乗って上へと運ばれていた。

「明日来てほしいって言ったでしょう！」

顔を上げると、ミリアム・カミンスキーのシルエットが陽光に縁取られてそびえ立っていた。黒い髪の毛のなかに光のつくり出す精妙な線が見える。

「ご挨拶にうかがっただけです」

「あらそうなの。じゃあ、こんにちは。私は一時間後には出かけなきゃいけなくて、明日にならないと戻って来ないのよ」

「お父さんのお話をうかがえないかなあ、と思いまして」

ミリアムは、僕の言ったことが聞こえなかったような顔をしてこちらを見ていた。

「父は調子がよくないのよ。散歩にでも行ってちょうだい、ツェルナーさん。山歩きでもなさったら。悪いもんじゃないわよ」

「どちらに行かれるんですか？」

「カミンスキー財団を設立するのよ。できれば細かいことを説明してあげたいところだわ。あなたの本にも関係のあることでしょうから」

「おっしゃる通りです」僕は理解していた。ミリアムがいるかぎり、カミンスキーとふたりきりで話すことはできないということを。僕が緩慢にうなずくと、彼女は視線をそらした。もちろんミリアムは、この僕から強い印象を受けとったことだろう。この世に彼女が危険な異性だと思う相手がいるとすれば、それは僕なのではないか……しかし、いまは何もできそうにない。立ち上がった。

「じゃあ、山歩きでもしてきます」

早足で家のなかに戻った。このままミリアムの見送りを受けて追い出されることだけは避けなければならない。少しあいていた台所のドアを通して、食器が触れ合うガチャガチャという音が聞こえた。隙間から覗くと、アンナが皿を拭いているところだった。

台所に入っていくと、アンナは無表情でこちらを見た。髪の毛をお下げに編んでいる。汚れたエプロンをし、顔は車輪のように丸い。

「アンナ!」と呼びかけた。「アンナって呼んでもいいかな?」

彼女は肩をすくめた。

「僕はゼバスティアンだ。ゼバスティアンって呼んでくれればいいから。昨日の食事は素晴らしかったよ。いまちょっと話せるかな?」

返事はなかった。僕は椅子をひとつ引き寄せ、またそれを元の位置に戻し、台所のテーブルに腰かけた。

「アンナ、何かやりたいことがあるんじゃないの?」

彼女は僕をじっと見つめている。

「つまり、君はそれを……今日やってもいいんじゃないかな?」

窓の向こうで、昨夜の食事に来ていた銀行家が隣家から出てくるのが見えた。駐車場を横切ると、もどかしげにキーをポケットからとり出し、車のドアをあけて大げさな動作で乗りこんだ。

「別な言いかたをするよ。君が今日、何をしようとも、僕は君に……いや、もう一度、はじめから言い直してもいいかな」

「二百」と彼女は言った。

「え?」

「あんた、どこまで馬鹿なのよ?」アンナは落ち着いて僕の眼を覗きこんでいた。「二百もらえるんだったら、明日の昼まで留守にするわ」

僕はしわがれ声で「それはまた随分と高いね」と言った。

「二百五十」

「それはないよ！」

「三百」

「二百だ」と僕は言った。

「三百五十」

僕はうなずいた。

彼女はこちらに向かって手を伸ばし、僕は札入れを出して金を数えた。いつもなら、これほど多額の現金はもっていない。それは、今回の旅行で支出する予定の全額だった。

「早くしてよ！」とアンナは言った。その肌は、油でも塗ったかのように光っている。金をひったくったその手は、紙幣が完全に隠れてしまうほど大きかった。「今日の午後、妹が電話をかけてくるわ。そうしたら、私はすぐにそっちに行かなきゃいけないって言うから。帰ってくるのは明日の十二時よ」

「ほんの一分でも、早く戻ったりしないだろうね」

アンナはうなずいた。「じゃあ、もう行けば！」

おぼつかない足どりで玄関に向かった。あんなに高い金を払わされた！　しかし、目標としていたことは達成できたのだ。それに僕のふるまいは、けっして不器用ではなかっただろう。僕のような人間を相手にすれば、あの女にはまったく勝ち目などなかったのだ。ゆっくりとバッグを手にとり、壁によりかかった。

「ツェルナーさん！」

あわてて振り返った。

「出口が見つからないのかしら？」

「いいえ、僕はただ……」

「誤った印象を抱いていただきたくないんだけど」とミリアムは言った。「今回のあなたの申し出を、私たちは嬉しく思ってるわ」

「承知しています」

「いまはちょっと難しい時期なのよ。父の調子が悪いから。しょっちゅう子供みたいになってしまうし。でも、あなたの本は父にとっても大きな意味をもってるわ」

僕はものわかりのよさそうな顔をしてうなずいた。

「そもそも、出版予定はいつごろなのかしら？」

驚いた。疑われているのだろうか？「まだ確定してないんです」

「確定してないって、どうして？ メーゲルバッハさんもそれについては何も言わなかったわ」

「多くの要素がからんでいるんですよ」肩をすくめてみせた。「いろんな、たくさんの要素がありましてね。できるだけ早く出したいんですが！」

ミリアムは、何か考えこんでいる様子で僕の顔を見ていた。急いで別れの挨拶をし、帰路についた。今度は、下りの道はきわめて短いものに感じられた。草や花の匂いがし、飛行機がゆっくりと青空を横切っている。晴れやかな気分だった。ＡＴＭで現金をおろし、村のドラッグストアで安全カミソリを購入した。

ペンションの部屋に戻り、壁の絵の老いた農夫を眺めた。頭をからっぽにして口笛を吹き、指で膝を叩いた。少し神経質になっているようだ。靴も脱がずにベッドに横になり、しばらく天井を見ていた。鏡の前に立ち、じっと動かないでいると、映っている自分が見知らぬ愚かな人間に思えてきた。髭を剃り、長い時間をかけてシャワーを浴びた。それから受話器をとり、すでに暗記している番号にかけた。五回のコール音ののちに相手が出た。

「レッシングさん！」と呼びかけた。「僕です、ゼバスティアン・ツェルナーです。どうか切らないでください！」

「駄目よ！」高い声がそう言った。「駄目よ！」

「電話を切らないでくださいってお願いしてるだけですよ！」

電話は切られた。二秒か三秒、話し中の信号音に耳を傾けたあと、かけ直した。

「またツェルナーです。お願いです、ほんの少しでけっこうですから……」

「駄目よ！」電話は切られた。

僕は見えない相手を罵った。電話では埒が明かない。本当に、僕自身が向こうへ行くしかないと思われた。この件がまだ解決されていなかった！

中央広場に面したレストランで出されたツナサラダは、最悪の味だった。まわりは観光客ばかりだ。子供たちは甲高い声で叫び、父親は地図の頁をめくり、母親は巨大なケーキにフォークを突き刺している。ウェイトレスは若い女で、顔はまあまあだった。僕は彼女を呼び、このサラダはオイルを使いすぎだよ、もう下げてくれないか、と言った。喜んでそうします、でも代金はお支払いいただくことになりますよ。でも、と僕は言った。ほとんど食べてないんだけど。それはお客様のサラダじゃないですか、と彼女は応えた。僕は、店長と話させてもらえないかな、と頼んだ。店長だったら夜にならないと参りませんが、それまでお待ちいただけますでしょうか。まるで僕に、ほかに何もすることがないみたいな口ぶりだね。僕はそう言って、ウェイトレスにウィンクした。けっきょくサラダは全部食べたが、いざ金を払おうとすると、やって来たのは彼女ではなく、肩幅の広いウェイターだった。チップはやらなかった。

煙草を買い、若い男性に火を貸してくれませんかと頼んだ。会話がはじまった。学生で、夏期休暇のあいだ両親の住む家に戻ってきているのだという。専攻は何なの？　美術史です。学生はそう答えると、こちらを不審そうに見た。わかるよ、と僕は言った。特に君が、ここの出身者ならね。どういう意味ですか？　僕は手を動かして山腹のほうを示した。神様がおられる、ということですか？　ちがうよ、と僕は言った。だってここには偉大な画家が住んでるじゃないか。若者はきょとんとしていた。カミンスキーさ！　彼はうつろな表情で僕を見ている。

　本当にカミンスキーを知らないの、と僕は訊いた。はい、知りません。マチスの最後の弟子なんだけどね。代表者さ、古典的な……。僕が関心があるのはそういうのじゃなくて、と若者は僕の言葉を遮った。アルプス一帯の現代美術なんですよ。すごく面白い傾向が見られるんです。たとえばガムラウニヒ、それからもちろん、ゲシュルとかヴァクライナーとかです。いま誰って言った？　ヴァクライナーです、と青年は大きな声で言った。顔が紅潮している。知っておくべき人物です！　現在では彼は、ミルクやそのほかの食用の物質だけを使って描いています。それはどうしてなの、と僕は尋ねた。若者はうなずいた。いい質問ですね、ニーチェの影響ですよ。

　落ち着かない気分になって、一歩うしろへ下がった。僕は、ヴァクライナーってネオダダイストなの、と訊いた。相手は首を振った。それとも、パフォーマンス・アーティストなのかな？　ちがいますよ、と若者は言った。まったくちがいます。本当に、ヴァクライナーのことをまったく聞いたこともないって言うんですか？　僕は頭を振った。彼は何か聞きとれないことをつぶやき、僕たちはたがいに不信感を抱いて相手の顔を見ていた。それから、別れた。

　ペンションに戻り、荷物をトランクに詰め、宿泊費を支払った。また明日戻ってくることになるだろうが、泊まりもしないのに今夜の分を払う必要はない。女主人に会釈し、煙草を投げ捨て、歩道を見つけて登っていった。タクシーになど乗る必要はなかった。ずいぶんと楽になっていたのだ。トランクをもっているにもかかわらず、短い時間でもう標識のところまで来ていた。登っていくと最初の折り返し点があり、ふたつめ、三つめを過ぎると駐車場に出る。庭の扉の前には、やはりグレーのＢＭＷが停まっている。ブザーを鳴らすと、すぐにアンナが顔を出した。

「誰もいないんだね？」

「あの人ひとりだけよ」

「どうしてまだ車があるの？」

「電車で行ったからじゃない」

彼女の目を覗きこんだ。「僕はここにバッグを忘れたから来たんだ」

アンナはうなずき、家のなかに入ったが、ドアはあけっ放しにしていた。彼女を追うように、なかへ入った。

「妹が電話をかけてきたのよ」

「本当に！」

「ちょっと手伝ってほしいって」

「君が出かけるんだったら、僕が彼の面倒を見ようか」

アンナは数秒間、僕を舐め回すように見ていた。「ご親切にどうも」

「当然のことだよ」

彼女はスカートの皺を撫でて伸ばし、身をかがめると中身のぎゅうぎゅうに詰まった旅行用トランクをもち上げた。ドアのところまで行くと立ち止まり、何か問いたげな表情でこちらを見た。

僕は小声で「心配いらないから！」と言った。

アンナはうなずき、耳に聞こえるほどの音を立てて息を吸いこみ、吐いた。それからドアを背中のうしろで閉めた。台所の窓から、小幅の鈍重な足どりで駐車場を横切っていくのが見える。手にもったバッグが、振り子のように揺れていた。

第6章

廊下で足を止め、聞き耳を立てた。左側に玄関のドア、右にはダイニング・ルーム、目の前には二階に通じる階段がある。咳払いをすると、静寂のなかで奇妙に響き渡った。

ダイニング・ルームに入った。窓が閉め切られ、空気がよどんでいる。一匹の蝿が窓ガラスにぶつかっている。注意を払いながら、箪笥の最上段の引き出しを開けた。きちんとたたまれたテーブルクロスが収められている。次の引き出しには、ナイフ、フォークとスプーン。いちばん下には二十年前の雑誌、「ライフ」、「タイム」、「パリ・マッチ」などが何の秩序もなく乱雑に入れられていた。古い木の家具はなめらかに動かず、引き出しを閉めるのにたいへんな苦労を強いられた。廊下に戻った。

左にはドアが四つある。最初のドアをあけた。ベッドのある小さな部屋で、机と椅子、テレビ、聖母マリア像、若き日のマーロン・ブランドの写真が置かれている。アンナの部屋にちがいない。次のドアの向こうには台所があり、三つ目は昨日僕が通された部屋になる。最後のドアをあけると、地下に降りる階段があった。

バッグを手にもって、手探りで電燈のスイッチをさがした。たったひとつの電球が、木の階段に弱々しい光を投げかけている。階段がきしんだ。角度がひどく急なので、手すりをしっかりとつかんでいなければならない。スイッチを入れるとパチンという音とともにライトが点灯し、僕は目を細めた。明るさに慣れたとき、自分がアトリエにいるということがわかった。

窓がなく、室内を照らすのは四つのライトだけだ。ここで作業をしてきた者は、自然光を必要としなかったわけである。中央に置かれた画架には描きはじめたばかりの絵が掛けられ、床の上には何ダースもの絵筆が散乱している。体をかがめて触れてみたが、どれも乾いていた。パレットもあったが、その上の絵の具は石のように硬く、ひび割れていた。息を深く吸いこんだ。よくある地下室の匂いだ。少し湿っていて、かすかに除虫剤の香りを感じたが、絵の具やテレピン油の匂いはしなかった。ここではかなり以前から絵を描く作業はなされていないのだ。

画架の上のキャンバスは、線が三本引かれているだけでほとんど新品のようだった。線はいずれも左下の同じ点からはじまって異なった方向に走り、右上には小さな、チョークで細い平行線が引かれた箇所がある。デッサンの形跡はなく、どんな作品になるはずだったかを知らせてくれる要素は何もない。うしろに下がったとき、僕は自分に四つの影ができていることに気づいた。ひとつのライトが影をひとつずつ生み、それらは足のところで重なり合っている。壁にはいくつか大型のキャンバスがたてかけられているが、どれも帆布製のシートで覆われている。

シートを一枚はがしてみたとき、ぎくりとした。ふたつの目と歪んだ口があった。顔だ。奇妙に傾いている。流れている水に映った像のようだった。明るい色で描かれ、消えゆく炎のように赤い線が顔から周辺に向かって走っている。ふたつの目は疑わしげに、そしてクールに僕を観察している。その絵のスタイルは——薄く塗られた絵の具、コメネウだけでなくメーリングも指摘していた赤みがかった黄色の多用など——見誤りようのないものであったにもかかわらず、カミンスキーに関する僕のあらゆる知識を裏切っているように思えた。画家の署名をさがしたが、見当たらない。指で触れると埃が舞った。

次の絵でも同じ顔が描かれていたが、ほんの少し小さく、円形にまとまっており、口もとには人を見下したような笑みが浮かべられている。その次も顔の絵だったが、今度は口が不自然なほど左右に引き伸ばされ、眉毛の先が尖って鼻にまで達していた。額には深くはっきりとした皺が刻まれており、少ない毛髪の一本一本が逆立って、紙の破れ目のように見える。首とつながっておらず、体もなく、切り離されて宙に漂っている顔があるだけだ。次々と覆いをとっていくと、顔の歪みは次第に激しくなった。顎は長く伸び、色彩は強烈になり、額も耳も異様に長い。しかし目は、覆いをとるたびに遠くを見ているような、無関心そうな印象になり、軽蔑のこめられたまなざしへと変化した。いまや顔は、物体が歪んで映る鏡の像のように外側に向かって大きく膨らみ、鼻は道化師のようで、額は波打っている。次のキャンバスでは——覆いが固定されていたため、出せるかぎりの力をこめてひきはがしたところ、埃が舞い上がり、くしゃみに苦しめられた——指人形を動かしている者がこぶしを丸めたかのように、顔はぺしゃんこにつぶれてしまっている。次の絵では、激しく降っている雪の彼方にあるかのように、顔はぼんやりとしか見えない。残りの絵は最後まで完成しておらず、いくつかの色を使ってデッサンがなされているだけで、ある絵では額が、別の絵では額が識別できるといった程度だった。部屋の隅には、投げ捨てられたような感じでスケッチブックが落ちていた。手にとって埃をはらい、開いてみた。同じ顔を上から、下から、あらゆる方向から見たところが描かれている。なかには、仮面の裏側を覗いたかのように、顔を内側から見たところを描いた一枚もあった。スケッチには木炭が使われている。紙をめくるほど線は震え、不安定になり、描きそこないのようになって最後には真っ黒な染みだけとなった。木炭の小さな粒が僕のほうへさらさらと流れ落ちた。そのあとは何もなかった。

スケッチブックを置き、それぞれの絵に署名や日付が入れられていないかを調べてみたが、見当たらなかった。絵のひとつを裏返して、木枠を調べた。ガラスの破片がひとつ、床に落ちた。指先でそれをつまみ上げた。破片はもっとたくさんあった。それぞれのキャンバスのうしろの床面は、割れたガラスで覆われていたのだ。破片を光にかざし、目を細めて観察してみた。ガラスごしに見えるライトの光が、ときどきふっと飛ぶように思えた。ライトの黒い縁の部分が波打って見える。ガラスは研磨が施されていたのだ。

　バッグからカメラをとり出した。小型だが、とても性能のいいコダックのカメラだ。エルケからのクリスマスプレゼントだった。頭上のライトがすさまじい光を放っているから、三脚もフラッシュもいらないだろう。両膝を床につけた。以前、「アーベントナーハリヒテン」のチーフカメラマンから、写真というものは遠近法に狂いが生じないように真正面から撮らなければならない、そうでないものは紙面には使えないんだ、と説明を受けたことがある。どのキャンバスも二回ずつ撮影した。それから立ち上がり、壁に背中をつけた。画架、床の上の絵筆、ガラスの破片。フィルムがなくなるまでシャッターを押した。カメラをバッグに入れ、絵の覆いを元に戻しはじめた。

　骨の折れる作業だった。すぐに布がどこかに引っかかり、動かなくなってしまうのだ。この顔はどこで見たのだろう？　急いだ。なぜかはわからなかったが、なるべく早く外に出たかった。あの顔がよく知っているもののように思えるのは、いったいなぜなのか？　最後の絵までたどりついて、人を見下しているようなまなざしに遭遇してから覆いを戻した。爪先立ちでドアのところまで行き、明かりを消し、無意識のうちにため息をついた。

　廊下に戻って、耳を澄ませた。リビングルームでは、まだ蝿がブンブンという音を立てている。「ハロー？」誰も答えない。「ハロー？」二階に上がっていった。

右にふたつ、左にふたつ、廊下の突き当たりにもひとつ、ドアがあった。左側からはじめることにした。ノックし、少し待ってからドアを開けた。

ミリアムの部屋にちがいない。ベッドがひとつ、テレビ、本棚、そしてカミンスキーの〈反映〉シリーズの一点があった。三つの鏡が描かれており、中央にはまるで静物画のパロディーであるかのように雑巾、片方だけの靴、鉛筆が並べられてひとつの完璧なシステムをつくり出している。横目で観察すると、絵はかすかに光を放っているように思えた。これだけでひと財産といったところだろう。箪笥のなかも見たが、洋服や靴、帽子、いくつかの眼鏡、絹の下着などがあっただけだった。ショーツをひとつ手にとり、指のあいだを滑らせてみた。僕の知り合いのなかには、絹の下着を身につけるような女性はただのひとりもいなかった。ナイトテーブルの引き出しは、カノコソウ、バリウム、ベネドルム、そのほか数種類の睡眠薬、鎮静剤といった薬の箱でいっぱいだった。使用説明書にも目を通してみたかったが、読んでいる時間がない。

隣は浴室だった。とても清潔で、研磨剤の匂いがする。浴槽のなかにはまだ湿っているスポンジがあり、鏡の前には香水の瓶が三つ置かれていた。残念ながら、ミリアムが言った通りシャネルはなく、知らないブランドのものばかりだった。髭剃り道具はない。爺さんは別の風呂を使っているのだろう。ところで、盲人はどんなふうにして髭を剃るのだろうか？

廊下の突き当たりの扉の向こうは、空気のよどんだ部屋だった。窓は拭かれておらず、箪笥は空で、ベッドはむき出しになっている。使用されていないゲストルームなのだ。小さな蜘蛛が、窓の縁のところに張った巣の上で震えていた。テーブルの上には消しゴムつきの鉛筆が置かれているが、消しゴムの部分はほぼ完全にすり減っており、木の部分には噛んだ跡がある。その鉛筆を手にとり、指でつまんで二度ほど回したのち、元の位置に戻して外に出た。

残ったドアはふたつだけだ。最初のドアをノックし、少し待ってからもう一度ノックし、なかへ入った。ダブルベッドがひとつに、テーブルと肘掛椅子がひとつずつ置かれている。開いているドアの向こうには小さな浴室が見える。窓のブラインドはおろされており、天井の電燈がついていた。そして肘掛椅子にカミンスキーが座っていた。

眠っているようだ。目を閉じ、サイズの大きすぎる絹のナイトガウンに身を包み、袖はまくり上げている。背もたれは頭よりもずっと高いところまであり、足は床に着かずに宙に浮いている。額に動きがあった。老人は首を回すと目をあけ、またすぐに閉じて言った。「誰だ?」

「僕です、ツェルナーです。バッグを忘れてしまったものですから。アンナが急に妹のところへ行かなきゃならなくなって、僕に、ここにいてもらえないかって頼んできたんです。問題ないって答えました……ちょっとそのあたりのことをお伝えするために参りました。もし、何か必要なものでもありましたらお教えいただければ、と思いまして」

「私が何を必要としてるっていうんだね?」カミンスキーは穏やかな口調でそう言った。「あの馬鹿女めが」

いまのは聞きまちがいだったのだろうか、と思った。

「馬鹿女めが」と彼は繰り返した。「ろくに料理もできんくせに。いくら払ったんだ？」

「いったい何のことでしょうか。もしお話がうかがえるようでしたら……」

「地下室に行っただろう？」

「地下室ですか？」

カミンスキーは軽く鼻の先を叩いた。「匂いでわかるのさ」

「どこの地下室ですか？」

「あの女は、自分が追い払われるはずがないということを知ってるんだ。こんな山の上じゃ、誰も代わりが見つからんからな」

「よろしければ……電気を消しましょうか？」

「電気かね」老人は額に皺を寄せた。「消す必要なんてない。単なる習慣なんだ。大丈夫だ」

また睡眠薬を呑んでいるのだろうか？　バッグからレコーダーをとり出してスイッチを入れ、床の上に置いた。

「何を置いたんだ？」

おそらく、すぐに本題に入るのが最善の策だろう。

「マチスについて話していただけないでしょうか！」

老人は黙った。目を見たかったが、眼鏡をかけないときは目をあけない習慣のようだった。

「あのニースの家を思い出すな。いつかは自分もこんなふうな暮らしがしたいと思ったもんだ。いまは何年だね？」

「何とおっしゃいました？」

「君は地下室にいたんだろう。何年だ？」

いま何年か、教えてやった。

カミンスキーは顔をこすった。僕は老人の足を見ていた。ウールのスリッパがふたつ、空中でぶらぶらと揺れている。毛のはえてない、子供のような白いふくらはぎがむき出しになっている。

「何の話をしてたかな？」

「家の話です」僕はゆっくりと答えた。

「もういいだろう、あの馬鹿女にいくら払ったか、教えたらどうかね！」

「またあとで参りますので」老人は息を吸いこんだ。僕は部屋の外に出て、ドアを閉めた。これは一筋縄ではいかないぞ！　彼が集中できるように、数分間の余裕を与えてやることにしよう。

最後のドアをあけ、やっとオフィスを見つけた。パソコンの置かれた書き物机、回転椅子、書類棚、整理箱に書類の山。椅子に腰をおろし、頬づえをついた。すでに太陽は低い位置にある。

遠くでロープウェイのゴンドラが山腹を登っている。ゴンドラは陽光を反射してきらりと輝き、林の上で見えなくなった。隣からガタガタという音が聞こえてくる。耳を澄ませたが、そのあとは何も聞こえてこなかった。

計画的に作業を進めるべきだろう。ここはミリアムの仕事部屋であり、おそらく父親は何年も前から足を踏み入れていまい。まずはここに堂々と置かれている書類を調べよう、そのあとで下から上まですべての引き出しをあけてみよう。次は左から右に向かって棚を調べる。必要とあらば、僕にだって整然とした作業ができるのだ。

ほとんどは金銭関係の書類だった。銀行口座の記録を見ると、予想していたほどの大金の動きはなかった。スイスにある銀行の秘密口座に関する書類もあったが、それほど多くの額ではなかった。とはいえ、いざという場合にはこれも本に書く材料になるかもしれない。画商との契約書。ボゴヴィッチは最初は四〇パーセント、途中からは三〇パーセントしか受けとっていなかった。取り分としてはかなり少ない。誰かはわからないが、その件で彼と交渉した人物は、うまくやってのけたものである。個人保険の——かなり高額な——書類、そして生命保険。奇妙なことにミリアムに掛けられたものだったが、金額はそれほど高くない。パソコンのスイッチを入れると、ガタガタという音がして起動し、パスワードを入れろという指示が出た。「ミリアム」、「マヌエル」、「アドリエンヌ」、「パパ」、「ママ」、「ハロー」、そして「パスワード」、さまざまな言葉を打ちこんでみたが駄目だった。腹が立って電源を切った。

次に手紙を調べた。価格、販売、個々の絵の発送、印刷や絵葉書、画集をめぐる権利についての画商との果てしないやりとりをタイプライターで打ったときの写しがあった。ほとんどはミリアムが書いた手紙であり、いくつかは彼女が父の言葉を筆記し、カミンスキーは署名だけをしていた。彼自身が書いたのは、もっとも古い手紙にかぎられていた。名声を得る前の時期の交渉、提案、要求、それに懇願といったものまでもが記されている。そのころの文字は読みづらい。各行は右に行くほど下に傾き、「i」の点は離れたところに打たれている。ジャーナリストへ送った返事の写しもあった。「父は具象的な画家であったことはないですし、いまも具象的な画家ではありません。それは父が、その概念が無意味であり、あらゆる絵画が具象的であるか、具象的絵画などひとつもないかのどちらかであると考えているからです。このことにおいて、すべては言い尽くされているでしょう」クルーアをはじめとする友人からの手紙も見つかった。別れの挨拶、簡潔な返事、誕生日を祝う言葉、それからきちんと束ねられたメーリング教授からのクリスマスカード。大学での講演の依頼状もあった。知るかぎりでは講演はおこなっていないはずなので、すべて拒絶したのであろう。クレス・オルデンバーグに宛てた奇妙なカードの写しでは、カミンスキーは協力への感謝の言葉を述べているいっぽうで、残念ながらオルデンバーグの芸術を無価値ながらくただと思っている――「この率直さをお許しください、しかし私たちの職業における唯一の罪とは、親しさゆえに嘘をつくことなのです」――と書いていた。いちばん下、最後の引き出しのなかには、小さな鍵がかけられた、革製の分厚いファイルが見つかった。ペーパーナイフをつっこんでみたが、あかなかった。あとで何とかしようと考え、脇に置いておいた。

時計に目をやった。急がないといけない！　ドミニク・シルヴァやアドリエンヌやテレーゼに宛てた手紙はないのか？　あのころ、人々は頻繁に手紙のやりとりをしていたはずではないか！　しかし一通も見つからない。エンジン音が耳に入り、不安になって窓に近づいた。下に車が停まっている。クルーアがおりてきて、あたりを見回し、カミンスキーの家に向かって何歩か進んだ。しかしそこで横に曲がり、自宅の庭の扉の鍵をあけた。ほっとした。隣室からカミンスキーの乾いた咳が聞こえてくる。

書類戸棚のところへ行った。分厚いファイルをめくると保険関係の書類や土地登記簿のコピーがあった。十年前に南フランスに土地を購入し、またそれを売却して損失を出している。初期の象徴主義絵画の買いとりを要求してきた画商に対する訴訟手続きの書類。複数の鏡のなかで光線がどのように進むかについて、詳細な書きこみがなされたスケッチブックもいくつか見つかった。僕はそれらがいくらで売れるだろうかと考え、数秒間ではあったが、一冊を盗み出したいという欲望と闘った。もう最後の棚の前にいた。古い請求書、過去八年間の納税申告書のコピー。じっくりと見たいところだが、時間がない。秘密の引き出しとか二重構造の床といったものが見つかるのではないかと期待して、うしろの壁を叩いてみた。床に寝そべり、棚の下を覗きこんだ。椅子の上に立って、上から眺めてもみた。

窓をあけ放ち、窓台に腰をおろして煙草に火をつけた。灰が風に吹き飛ばされた。僕はゆっくりと煙を涼しい大気のなかへ吹き出した。すでに太陽は山頂のひとつに接しており、もうすぐ姿を消しそうだ。さて、残るは例のファイルだけだ。煙草を指ではじいて外に飛ばし、机に向かって座り、持参したポケットナイフをとり出した。

ファイルの裏側を、上から下に向かってきれいにひと筋で切っていく。すでに劣化している革が、きしむような音を立てる。慎重に切り終ったのち、ファイルを裏側からあけた。これなら誰も気づくまい。まだカミンスキーが生きているうちに、誰かがこれを引き出しから出すことなどあるだろうか？　死んでしまえば、それはそれでどうでもいいのだし。

わずかな枚数の紙が入っているだけだった。マチスがカミンスキー宛てに書いた数行の文章。君の成功を祈ってるよ。少なからぬ収集家に推薦しておいたからね。君に多くの幸せが訪れますように……。次もマチスからの手紙だった。個展がうまくいかなかったとのこと、残念だけど、仕方がないね。真剣に描き続けたまえ。君の未来は明るいと信じているよ。幸福を祈る……。ピカソからの電報があった。《散歩者》は素晴らしい、君に幸運の訪れんことを！　続いて、リヒャルト・リーミングが小さな読みにくい文字で書いた手紙が三通。すでにかなり黄色くなってしまっている。最初の一通のことは知っていた。あらゆるリーミングの伝記に書かれているからだ。そんなものがとつぜん自分の手中に存在しているということが奇妙に感じられた。リーミングは書いていた。私はいま、船上にいる。この後の人生で君と会うことはもうないだろう。悲しむことはない、単なる事実なのだ。いつかは形を失ってしまうこの身体から離別したあとも存続の形式というものがあるにせよ、私たちがかつての仮の姿を思い出し、おたがいに気づくかどうかは定かではない。別な表現をしよう。いつの世においても別れというものが存在するのなら、これはそのひとつに過ぎない。私が乗っている船は岸に向かっている。幾多の書物でさまざまな主張がなされており、船の運行時刻表と自分の切符が手元にあるにもかかわらず、私は依然としてその岸における真実を信じられない。いま、いわゆる人生なるものとの妥協として設定したにすぎぬ存在が終わろうとしている。この瞬間が過ぎ去らぬうちに、私、リーミングは、ぜひひとつのことを確言しておきたい。すなわち、もし私にひとりの人間をわが息子と呼ぶ権利があるとすれば、この手紙の受け取り人だけにその肩書きを認めたいと思うのだ。私は、人生と呼ぶにほとんど値せぬような生活を送り、なぜ自分が存在しているかもわからぬまま存在し、それ以外のことができなかったがゆえに生きながらえてきた。しばしば凍え、ときどき詩を書き、幸運にもそのうちのいくつかは人々に気に入ってもらえた。おそらく私には、他者に対して同様な道を進むことを思いとどまるように助言する権限などあるまい。マヌエルが悲しみのない人生を送っていけることを望んでいる。それだけでもたいへんなことだが、言いたいことはそれに尽きている。

ほかの二通のリーミングからの手紙はもっと古く、まだ学校に通っていたころのカミンスキーに宛てられたものだった。一通には、二度と寄宿学校から逃げ出してはならないぞと書かれていた。そんなことをしても何の役にも立たないのだからな。耐え抜くことが重要なのだ。私は、いつの日か君に感謝してもらいたいなどとは思っていないが、君がかならずこの難局を切り抜けられることを保証しよう。人は基本的に、たとえその意志がなくとも、たいていのことは切り抜けられるものなのだから。もう一通では、リーミングは『路傍の言葉』が翌月に出版されること、その本を、クリスマスに欲しくもないプレゼントを与えられるのではないかと心配しながら、けっきょくは自分の欲しいものが手に入ることを知っている子供の、不安の入り混じった喜びとともに待ち受けていると告げていた。僕には、リーミングがここで何を言いたかったのかさっぱりわからなかった。どの手紙でも、冷たく気どった物言いがなされている。僕にとってリーミングは、一貫して好感のもてない人物であった。

次の手紙はアドリエンヌからのものだった。長いあいだ考えたのよ。簡単なことじゃなかった。ほかの人たちを幸せにするということが、マヌエルの能力のなかにないことはわかってる。あなたにとっては、幸せという言葉の意味も、ほかの人たちとはちがってるのね。でも私はそうする、あなたと結婚するわ。危険を冒す心の準備ができたの。これが過ちであるとすれば、その過ちを犯すしかないと思ってる。あなたにとっては何でもないことでも、私には大きな驚きだった。考える時間をくれたことには感謝してるわ。将来どうなるか不安だけど、いつかはあなたが聞きたいと思っているような言葉を言ってあげられるかもしれない。

もう一度読んでみたが、自分がその手紙のどんなところを不気味に感じているのか、正確に把握することができなかった。いまや残っているのは一枚だけとなった。学校で使うノートの一頁を破りとったかのような、薄い方眼紙だ。目の前に置いて、手で撫でるようにして皺を伸ばした。アドリエンヌの手紙からちょうど一か月前の日付だ。マヌエル、私はこれを本当に書いているわけじゃない。ただこれを……。ブーという電気的な音が聞こえたため、読むのをやめた。ドアのブザーが鳴らされたのだ。

息苦しさを覚えながら下におり、ドアをあけた。灰色の髪の男性が垣根にもたれかかっている。この地方に特有の帽子をかぶり、ふくらんだバッグを横に置いている。

「何か御用でしょうか？」

「ドクター・マルツェラーです」低い声がそう告げた。「ご予約ですので」

「予約？」

「こちらのご主人の診察ですよ。私は医者です」

まったく計算外の事態だった。「いまは無理なんですが」とこわばった声で答えた。

「何が無理なんです？」

「残念ながら、いまは無理なんですよ。明日また、いらしてください！」

医師は帽子を脱いで頭を撫でた。

「カミンスキーさんはお仕事中ですので」と僕は言った。「誰にも邪魔をされたくないと思っておられます」

「絵を描いておられるわけですか？」

「私がお手伝いして、伝記を書く作業をしているところです。精神集中が必要なんですよ」

「伝記を書く作業をしておられる、と」彼はまた帽子を頭にのせた。「精神集中が必要なんですか」いったいなぜ、こいつは僕の言葉を繰り返すのだろう？

「ツェルナーと申す者です」と僕は言った。「彼の伝記作者であり、友人です」手を伸ばすと、相手はためらいながら握手に応じた。痛みを覚えるほど強く握ってきたので、こちらも強く握り返してやった。医師は僕をじろじろと見た。

「じゃあ、ご主人のところにうかがいますので」マルツェラーは一歩前へ踏み出した。

「そういうわけにいかないんですよ！」僕は前に立ちはだかった。

疑わしげな目が僕を見ていた。僕が彼を止められるかどうか、試してみるつもりなのだろうか？　やりたいならやればいいさ、と考えた。

「診察なんて、きっと単なる日課みたいなものですよね」と僕は言った。「悪いところなんてありませんよ」

「何を根拠にそんなことをおっしゃるんですか?」

「本当に手が離せないんですよ。中断はできないんです、あまりにも多くのことを……思い出していただかなければなりませんので。あの方にとって何よりも大切な仕事なんです」

医師は肩をすくめ、短い間隔でまばたきをすると、一歩うしろに下がった。僕は勝ったのだ。

「残念ですけれども」僕は相手をいたわるような口調でそう言った。

「何というお名前でしたかな?」

「ツェルナーです。それではまた」

男はうなずいた。僕はほほえみかけたが、相手はにこりともしなかった。ドアを閉めた。台所の窓から、医師が車まで歩いていき、トランクルームにバッグをしまい、席に座って車を出す様子を見た。そのあと医師は一度車を停め、ウィンドウを下げてあらためてこの家を眺めた。急いでうしろに下がり、数秒間待ったのちに窓のところに戻ると、車はちょうどカーブを曲がるところだった。ほっとして階段を上がった。

マヌエル、私はこれを本当に書いているわけじゃない。ただこれを書き、封筒に入れ、それを現実のなかへ、あなたのところへ送ると想像しているだけなのよ。さっきまで映画館にいたわ。

週間ニュース映画のドゴールは、いつものようにはしゃいでいた。外は、今年はじめての雪どけの陽気だった。私は、こんなことは私たちふたりとまったく何の関係もないんだと思いこもうとした。実際のところ、私たちのうち誰も、つまりかわいそうなアドリエンヌも私も、そしてドミニクですらも、誰かがあなたから離れていくなんて事態が信じられない。でも、ひょっとするとそれは誤解なのかもしれない。

いまになっても、あなたにとって私たちがどんな意味をもつのか、わからないままでいる。もしかすると私たちは鏡（あなたは鏡のことにはくわしかったわね）なのかもしれない。あなたの像を映し返し、あなたを偉大なもの、多彩かつ広範な存在にするという義務を背負った鏡なのかもしれない。そしてあなたは有名になる。十分それに値する人なんだから。これからあなたはアドリエンヌのところへ行き、彼女が与えてくれるすべてのものを受けとる。アドリエンヌが去るときには、彼女が自分自身の意志でそうしたと思えるように配慮してあげる。ひょっとすると、アドリエンヌはドミニクのところへ行かせるのかしら。そのころにはほかの人たちが、ほかの鏡が現れているでしょう。でも、私はもういない。

泣かないでね、マヌエル。あなたはいつも些細なことで泣いていた。でも今回は、私にまかせてもらいたいの。もちろん、もうこれで終わりなのよ。私たちは死ぬでしょう。といっても、すぐに存在しなくなるわけじゃない。ほかのパートナーを見つけるだろうし、散歩に行き、夜には夢を見て、操り人形にできる程度のことなら何だって解決できるでしょう。私は自分が本当にこれを書いているのかどうかわからないし、送るかどうかもわからない。でも、いつか書き終わり、あなたがこれを読むとしたら、どうかわかってほしいの。私が死んだと思って！　電話をかけてこないで。捜さないで。私はもういないんだから。そして私は、いま窓から外を見ながら自分に問いかけている。なぜすべての人々が……。

ひっくり返してみたが、何も書かれていなかった。残りの部分は失われてしまったにちがいない。もう一度、すべての便箋に目を通したが、あとに続く文章は見当たらなかった。ため息をつきながらメモ帳をとり出し、すべての手紙を書き写した。何度か鉛筆の芯が折れ、あせっていたせいで誰にも読めないような文字になってしまった。しかし、十分後には作業は終了していた。すべてをファイルに戻し、いちばん下の引き出しに入れた。戸棚を閉め、書類の山を整え、あいたままの引き出しがないことを確認した。僕はすっかり満足してうなずいた。誰も気づきはしまい。あらゆる点において抜かりのない作業をしたのだから。太陽が沈んだばかりで、数秒のあいだ山々は険しく巨大な存在に見えたが、そのあとは後退し、平坦になり、遠くなった。いまこそ、最高のカードを切る時だ。

ノックしたが、カミンスキーは返事をしなかった。

なかへ入った。老人は椅子に腰掛けており、レコーダーはまだ床の上にある。「またかね？」

とカミンスキーは言った。

「マルツェラーはどうした?」

「あの医者なら、たったいま電話をかけてきました。今日は来られないそうです。それはそうと、テレーゼ・レッシングさんのお話をうかがえないでしょうか?」

「君は頭がいかれているようだな」

「すみません、僕は……」

「マルツェラーはどうしたんだ? やつは、私がくたばればいいとでも思ってるのか?」

「あの方は、まだ生きておられます。電話でお話ししました」

「医者に電話をしたまえ。やつはどういうつもりなんだ!」

「あの方はまだ生きておられる、と申したのですが」

「誰のことだ?」

「テレーゼさんですよ。御主人は亡くなっていますが、御本人はお元気です。北ドイツの、海に近いところにお住まいです。住所もわかっています」

返事はなかった。カミンスキーはゆっくりと手をあげ、額を撫でると、またその手を下ろした。口が開き、また閉じた。額には皺が寄っている。僕はレコーダーに目をやった。録音機能はオンになっている。すべての言葉を記録してくれているだろう。

「ドミニクから、彼女は死んでしまったと聞かされたんでしょう。しかしそれは真実ではありませんでした」

「そんなはずはない」カミンスキーは小声で言った。胸が大きく波打っている。老人の心臓がもつかどうか心配になった。

「十日前にわかったんですよ。簡単に調べられました」

返事はなかった。精神を集中して、相手の様子を観察した。カミンスキーは顔を壁のほうへ向けたが、目はあけなかった。唇が震えている。老人は頬をふくらませ、息を吐き出した。

「もうすぐ、あの方に会う予定です」と僕は言った。「お訊きになりたいことがあれば、何でも訊いてまいります。あのころ何があったのか、教えていただければありがたいんですが」

「何様のつもりだ？」とカミンスキーは囁いた。

「真実を知りたくありませんか？」

考えこんでいるように見えた。いまやカミンスキーは、僕の術中に落ちたのだ。こんなことになるとは予想すらしていなかったにちがいない。彼もゼバスティアン・ツェルナーを過小評価していたのだ！　僕は神経がたかぶってじっとしていられなくなり、窓のところへ行ってブラインドの隙間から外の様子をうかがった。一秒ごとに、谷間の家々の明かりがはっきりと見えてくる。薄暗がりのなかで、滝木が銅版画のように丸みを帯びて見える。

「来週、あの方のところへ行く予定なんですよ」と僕は言った。「そのときに訊いてまいりますので……」

「私は飛行機には乗らんからな」と彼は言った。

「もちろん、存じあげています」僕は相手を安心させるような口調で言った。カミンスキーは気が動転しているのだ。「あなたはご自宅にいらっしゃるのです。何も問題などありません」

「薬はベッドの横だ」

「それはよかったですね」

「馬鹿者めが」彼は穏やかな口調でそう言った。「荷物のなかに入れろと言ってるんだ」

僕は老人を凝視した。「荷物のなかに入れる?」

「君と私で行くのだ」

「まさか、ご冗談でしょう!」

「何がだね?」

「どんなことでも訊いてまいります。しかし、一緒に行くというわけにはいかないでしょう。あまりにも……体が弱っていらっしゃるし」もう少しで「あまりにも老いている」と言うところだった。「責任を負いかねます」夢でも見ているのだろうか? 本当にカミンスキーと、こんな会話を交わしているのだろうか?

「君のかんちがいではないだろうな？　別人ではあるまいな？　誰かが君をだましているわけではないんだな？」

「けっして誰も」と僕は言った。「ゼバスティアン・ツェルナーをだましたりは……」

老人は、僕を馬鹿にするかのように荒い鼻息を立てた。

「本当のことです。あの方はまだ生きていて……」僕はためらった。「あなたと話したいと思っておられます。何でしたら、電話のところへ行かれて……」

「電話のところへなど行かん。君は、このチャンスを逃がしたいのかね？」

僕は額に皺を寄せた。いったい何が起こってしまったのだろう。僕はいまのいままで、すべてをコントロールできていたのではなかったのか？　大事なことが頭から抜け落ちてしまっていたようだった。カミンスキーの言う通りなのだ。二日間、一緒に出かける。それほど長い時間を共有できるなら、望外の幸せというものだ。何でも好きなことを質問できるのだから。僕の本は、普遍的価値をもつ原資料となることだろう。学生たちに読まれ、美術史に引用されるだろう。

「実におかしなことだ」とカミンスキーは言った。「わが人生において君を知ったということがな。おかしなことだし、不愉快だ」

「あなたは有名人でいらっしゃる。あなただってこういうことをお望みなんじゃありませんか。有名であるとは、私のような人間を手元に置くということでしょう」どうしてそんなことを口走ったのか、自分でもわからなかった。

「戸棚にトランクがある。私のものを入れてもらいたい」

息苦しさを覚えた。こんなことはありえない！　カミンスキーを驚かせ、困惑させてテレーゼのことを聞き出したいとは考えていた。だが、誘拐したいとは思っていなかった！「もう何年も前から、ご旅行なんてなさっていませんよね」

「車のキーなら、家の鍵の横に掛けてある。ところで運転はできるんだろうな？」

「運転なら、すごく得意です」本当にこの男は、いますぐ、これほど安易に僕と一緒に……旅に出るつもりなのか？　頭がおかしくなっているにちがいない。しかし、それは僕に責任のある問題だろうか？　もちろん、旅行が彼の健康を害してしまう可能性はある。しかしその分だけ、本の出版が早まるという考え方も可能だ。

「何をぐずぐずしている？」と尋ねられた。

僕はベッドの端に腰をおろした。冷静さを失うな、と自分に言い聞かせた。冷静さを保て！　じっくりと考えるんだ！　この話を聞かなかったことにして、さっさと退出することだってできる。カミンスキーは眠りに落ち、明日の朝になればすべてを忘れているだろう。そして、わが人生における最高のチャンスは過ぎ去ってしまうだろう。

「じゃあ行きましょうか！」僕はそう叫んだ。跳ねるように立ち上がるとベッドが軋み、老人は驚いて身をすくませた。

　カミンスキーは数秒間、僕の言ったことが信じられないかのように微動だにせずにいた。それからゆっくりと手を伸ばした。その手をつかもうとした瞬間、僕はもう後戻りはできないということを理解した。冷たくて柔らかい手だったが、握力は驚くほど強かった。僕に支えられて、老人は肘掛椅子から滑りおりた。僕が足を止めていると、カミンスキーにドアのところまで引っ張られた。廊下で立ち止まった相手を、僕は背後から毅然とした態度で押した。階段をおりるときには、もはや誰が誰を導いているのかはっきりしなくなっていた。

「そんなに急がないでください」と僕はかすれ声で言った。「まだあなたの荷物をとってこなければならないんですから」

第7章

　かくして、僕はいま現実にＢＭＷを運転していた。道は急な下りになり、ライトは数秒間だけ暗闇からアスファルトを浮かび上がらせた。カーブを曲がるのは難しかった。またカーブに差しかかった。急ハンドルを切った。道は曲がりくねっており、その曲がり方は進めば進むほどに急になった。もう終わりだろうと思っても、次から次へとカーブが現れる。道路の右端に危険なほど接近してしまい、エンジンが咳をするような音を立てた。ギアを落とすと、エンジンはうなり声をあげた。カーブは終わった。

「もっと早くギアチェンジしたまえ」とカミンスキーが言った。

　答えたかったが、口を動かせなかった。もう次のカーブが現れ、精神を集中する必要があったからだ。ギアを切り替え、アクセルを踏む力を弱めてギアを落とした。エンジンはブーンという低い音を立てている。道はまっすぐに延びていた。

「ほら見ろ！」という声がした。

口を動かすピチャピチャという音が聞こえる。視界の端のあたりで老人の顎が動いているのが見える。サングラスをかけ、両手を膝の上で組み、頭はうしろにもたせかけ、いまだにシャツとセーターの上にナイトガウンを着たままという姿だ。靴紐を結び、ベルトを締めてやったのだが、カミンスキーは次の瞬間にはまたそれを緩めていた。顔は青白く、神経をたかぶらせているように見える。グローブボックスをあけ、レコーダーをセットした。

「リーミングと最後に会ったのはいつですか？」

「船が出る前の日だった。一緒に散歩に出かけたんだ。寒かったから、リヒャルトはコートを二枚、重ね着していた。私が、どうやら視力に問題があるみたいだと言ったら、『記憶を鍛えたまえ！』と言われたよ。ひっきりなしに両手をパチパチと打ち合わせていて、目から涙が出ていた。慢性的な炎症だったんだな。旅行のことをひどく不安がっていた。水に対する恐怖感もあった。リヒャルトはあらゆることを恐れていたんだ」

とつぜん、見たことがないほど長く続くカーブに差しかかった。まるで大きな円を走っているようで、一分近くもカーブを走っているような気がした。「リーミングとお母様との関係はどうだったんですか？」

カミンスキーは黙っていた。村の家並みが姿を現し、黒い影、明かりのついた窓、村の名を記した標識が飛び去った。数秒のあいだ頭の上で街灯が流れ、中央広場の明るいショーウィンドウが見えた。村が終ったことを示す斜めの線が入った標識を通り過ぎ、そのあとはまた暗闇となった。

「リヒャルトは、ただそこに存在していた。食事の用意をしてもらい、新聞を読み、夜になると詩作のために自分の部屋へ行く。ママとは、最後まで敬称を使って話していた」

カーブが緩くなった。ハンドルを握る力を弱め、背中に体重を預けた。少しずつこの車の運転に慣れてきたようだ。

「もちろん、あの男は私のいたずら描きを自分の本に使いたくなどなかった。しかし、私に対して恐怖感を抱いていたんだ」

「本当ですか?」

カミンスキーはくすくすと笑った。「そのころ私は十五歳で、少し頭が変だった。かわいそうなリヒャルトは、私が何をしでかすかわからないと不安だったのさ。いずれにしても、私は感じのいい子供ではなかったがね」

僕は不愉快になって黙っていた。もちろん、いまカミンスキーが話していることは世間の注目を集めるだろう。しかし、ひょっとするとこの老人は僕をだまそうとしているだけなのかもしれない。とにかく、そんなことは嘘としか思えない。誰に訊けば真相がわかるのだろうか? 隣に座っているのは、リーミングの知り合いのうちで生き残っている最後の人間だ。そして、過去の書籍に記録されていないことはすべて――重ね着したコート、両手をパチパチと叩いていたこと、恐怖、目から涙が流れていたこと――彼の記憶とともに消え失せてしまう。そしてそのあとは、よりによってこの僕が最後の人間となるのかもしれない……。僕はどうしてしまったのだろう？

「マチスとも似たような感じだった。やつは私を追い出したかった。だが私は出て行かなかった。やつは私の描いた絵が気に入らなかった。だが、出て行かなかった！　誰かが自分の家から出て行かないということがどんなものか、わかるかね？　そんなふうにすれば、多くのものが手に入るわけさ」

「わかります。僕がヴェルニッケについてのルポルタージュを書いたときにも……」

「やつがどうしたと思う？　最後には、私をコレクターのところへ行かせたのさ」

「ドミニク・シルヴァですね」

「大柄な男で、いつも物思いにふけっていて、まわりにいる人間に深い感銘を与えていた。でも私には、そんなことはどうでもよかった。若い芸術家というのはおかしな生き物だ。野心と欲望のせいで、頭が半分おかしくなっているからな」

最後のカーブが終わると幹線道路に出た。キノコのかたちをした駅の屋根が見えてきた。細長い谷で、レールが道のすぐ横を走っている。反対側から来た車が停止し、クラクションを鳴らした。何も考えずにすれちがったとき、ライトを上向きにしたままであることに気がついた。二台目の車が急ブレーキをかけたあと、ロービームに切り換えた。アウトバーンの入り口を横目で見ながら通過した。料金を払いたくなかったからだ。いずれにしても、この時刻では走っている車などいない。いくつもの森の影、明かりの消えた村。人が死に絶えてしまった国を旅しているようだ。窓をかすかにあけると気分が軽くなった。すべてのことが現実ではないように思える。いまは夜中で、僕は車に乗っていて、世界でもっとも偉大な画家とふたりきりでいる。一週間前に、誰がこんな光景を想像しただろう！

「煙草を吸ってもいいですか？」

返答はなかった。カミンスキーは眠りこんでいたのだ。できるだけ大きな音を立てて咳をしてみたが、効果はなかった。老人は目をさまさない。指でハンドルを叩き、咳払いをした。ハミングをした。眠らせてはならない。僕と話をさせなければならないのだ！　ついにあきらめ、レコーダーをとめた。しばらくいびきの音を聞いたのち、煙草に火をつけた。しかし煙がたちこめても、彼が目をさますことはなかった。睡眠薬が必要だと言っていたが、何のためなのだろうか？　まばたきをした。とつぜん、自分が眠りこんでいたような気がした。驚いて座席から飛び上がったが、何も起こってはいなかった。カミンスキーはいびきをかいており、道路はからっぽだ。ハンドルを切って車を右の車線に戻した。一時間後、老人は目をさまし、ちょっと降りたいから車を停めてくれないかと言った。心配になって、お手伝いしましょうかと訊いてみたが、カミンスキーはそうしてもらえばありがたいんだが、とつぶやきながらひとりで降り、ライトの光を浴びながらズボンの前をあけた。終わると手探りで車の屋根をさがし、ゆっくりと腰をおろしてドアを閉めた。車を出すと、数秒後にはまたいびきが聞こえはじめた。一度、眠ったままで何か言葉をしゃべり、頭が前後にがくんと揺れた。かすかに老人特有のにおいを感じる。

朝の光が次第に山々を前方へと浮かび上がらせ、空を後退させた。平地の上に点在する家々の明かりがついたり消えたりしている。太陽が顔を出し、高度を上げていく。サンバイザーをおろした。まもなく道路は乗用車やトラックでいっぱいになった。ときどきトラクターものろのろと走っており、クラクションを鳴らしながらそいつらを追い越した。カミンスキーはため息をついた。

「コーヒーはあるか?」とつぜん、そう訊かれた。

「何とかいたします」

老人は咳払いをし、鼻から息を吹き出すと、唇を動かして僕のほうを向いた。「君は誰だ?」

一瞬、心臓が止まった。「ツェルナーですよ!」

「いま、どこに向かっているんだ?」

「向かっているのは……」僕は唾を飲みこんだ。「テレーゼさんのところですよ。あなたの……テレーゼ・レッシングさんのところです。僕たちは……あなたが昨日……このことを思いつかれたのです。僕はお手伝いさせていただいているだけです」

考えこんでいるようだった。額に皺を寄せ、頭を小さく揺らしている。

「引き返しますか？」と僕は尋ねた。

カミンスキーは肩をすくめた。眼鏡をはずして折りたたみ、ガウンの胸ポケットにしまった。目を閉じたまま、指で歯を触っている。

「朝食をとらせてもらえるかね？」

「次にレストランがあれば……」

「朝食だ！」老人はそう言うと、唾を吐いた。車のなかの、自分の足もとに唾を吐き出したのだ。びっくりして彼の顔を見た。カミンスキーは大きな手で目をこすっている。

「ツェルナー」彼はしわがれ声で言った。「そういう名前だったな？」

「その通りです」

「君自身も絵を描くのか？」

「いまはもう描いていません。昔、絵描きになりたいと思ったことはありますが、芸術大学の受験に失敗してあきらめました。もしかしたら、それは過ちだったのかもしれませんが！　もう一度、やってみた方がいいでしょうか」

「いや」

「イヴ・クラインのスタイルで色彩を組み合わせていました。いい絵だと言ってくれた人もいたんですよ。しかしもちろん、それを真に受けるのは愚かというものでしょう……」

「私が言いたいのは、まさにそれだ」老人はやたらと緩慢な動作で眼鏡をかけた。「朝食だ！」

僕はもう一本、煙草をつけた。カミンスキーは気にしていないように見えた。一瞬、申しわけないとは思ったが、煙を彼に向かって吹き出してみた。市役所を示す標識があった。車を駐車場に入れ、降りて背後でドアを閉めた。わざとゆっくり動いた。老人は車内でおとなしく待たせておけばよい。埃っぽく、煙草の匂いがしみついたレストランだった。客はほとんどいない。コーヒー二杯とクロワッサン五つを注文した。「蓋をして袋に入れてくださいね、コーヒーは十分に濃くしてくださいよ！」ウェイトレスは、うちのコーヒーについては誰からも文句をつけられたことなんかないわよ、と言って、どんよりとしたまなざしを向けた。僕は、何にでもクレームをつけるような人間だと思ってもらっては困るな、と応えた。彼女は、あんたは自分を馬鹿に見せたいわけなの、と訊いた。僕は、何でもいいから急いでくれよと言った。

苦労してバランスを保ちながら、湯気を上げているカップとクロワッサンの入った紙袋を車のところまで運んだ。うしろのドアが開けっ放しになっている。後部座席に男がひとり座っており、カミンスキーに話しかけている。痩せていて、べっ甲の眼鏡をかけ、髪の毛はべとべとで、出っ歯だった。脇にリュックサックが置かれている。「よく考えてみてください！」と男は言った。

「何よりも重要なのは慎重であるということです。災難というものは、自らを楽な進路のように見せかけていますからな」カミンスキーはほほえみを浮かべてうなずいた。僕は運転席に腰をおろしてドアを閉め、両者の顔に交互に疑いのまなざしを投げかけた。

「カール・ルートヴィヒだ」カミンスキーは、どんな質問も許さないという口調でそう言った。

「私のことはカール・ルートヴィヒと呼んでください」

「ちょっと一緒に行くことになったから」とカミンスキーはつけ加えた。

「問題はないよね？」とカール・ルートヴィヒも言葉を続けた。

「ヒッチハイカーなんて冗談じゃありません！」

数秒間、沈黙があった。カール・ルートヴィヒはため息をついた。「だから申したでしょう」

「馬鹿げたことを！」とカミンスキーが言った。「ツェルナー、もし私の思いちがいでなければ、この車は私のものだろう」

「それはそうですが……」

「コーヒーをよこしたまえ！　出発するぞ」

カップを彼の前に差し出した。わざと少しだけ高すぎる位置に保っていたところ、カミンスキーは手探りでカップを見つけて手にとった。紙袋を膝のところに置いてやった。自分のコーヒーを飲み干し、窓からカップを投げ捨ててエンジンをスタートさせた。バックミラーのなかで、駐車場とレストハウスが小さくなっていく。

「どちらに行かれるご予定か、お尋ねしてもよろしいですかな?」とカール・ルートヴィヒが訊いた。

「もちろんですよ」とカミンスキーは言った。

「どちらに行かれるのですか?」

「それは個人的な問題です」と僕は応えた。

「そうかもしれませんが……」

「つまり、あなたには関係がないということです」

「おっしゃる通りです」カール・ルートヴィヒはうなずいた。「失礼しました、ツェルナーさん」

「どうして僕の名前を知っているんですか?」

「何を考えてるんだ」とカミンスキーが言った。「ついさっき、私が口にしたばかりだろう」

「まさしくその通りですよ」とカール・ルートヴィヒは言った。

「ご自身のことを何か教えていただけませんかな」とカミンスキーが言った。

「お教えできることなど、さほど多くはありません。私はつらい思いをしてきた人間です」

「誰だってそうです」とカミンスキーは言った。

「実に正しいことをおっしゃいます!」カール・ルートヴィヒは眼鏡に手をやってずらした。

「と申しますのは、私はかつてはそれなりの者だったからです。世界に鋭いまなざしを投げかけ、いかなる心の衝動にも共感を寄せ、最高の女性たちに恋の炎を燃やし、私だけの歌を歌っていました。それがいまはどうでしょう？　私をご覧ください！」

僕は煙草に火をつけた。「女性とのことは、どうだったんですか？」

「ゲーテの引用じゃないか」とカミンスキーは言った。「気づかなかったのかね？　私にも一本よこしたまえ」

「喫煙は禁止されているんでしょう」

「その通りだ」カミンスキーはそう言うと手を伸ばした。僕は、そうすることが最終的には自分にとって得になるだろうと考えて、一本をその手に握らせた。何秒か、カール・ルートヴィヒのまなざしをバックミラーに感じた。僕はため息をつき、うしろから抜きとれるように煙草の箱を頭の上にのせた。男の手が箱を乱暴につかんだ。僕は、カール・ルートヴィヒの指がやわらかく、湿り気を帯びて僕の指を包みこみ、箱を奪い去るのを感じた。

「ちょっと待てよ！」と僕は叫んだ。

「こう申してよろしければ、あなたがたおふたりは、かなりユニークな組み合わせであるように思えますね」

「何が言いたいんだ？」

ふたたびミラーにまなざしを感じた。抜け目のない、悪意のこもった細い目だ。カール・ルートヴィヒは歯を剥き出しにした。「おふたりは血縁者ではない、師弟でもない、一緒に仕事をしておられるのでもない。それにこちらは……」男は細い指を一本立て、カミンスキーのほうを示した。「とても有名な方のように思えます。しかし、あなたはそうではない」

「それは十分に根拠があることだな」とカミンスキーが言った。

「単なる推測ですがね！」とカール・ルートヴィヒは言った。ふたりは笑った。いまこの車のなかで、いったい何が起こっているのだろうか？

「煙草を返せよ！」と僕は言った。

「おやこれは、うっかりしておりました。お許しください」しかしカール・ルートヴィヒは身動きもしなかった。僕は目をこすった。とつぜん、気持ちが萎えそうになるのを感じた。

「申し上げてよろしいようでしたら」カール・ルートヴィヒは言葉を続けた。「人生の大部分は誤謬と浪費なのですよ。私たちは災難に遭遇しても、そうと気づかない。もっとお話しさせていただいてよろしいかな？」

「もう結構だ」と僕は言った。

「いいですよ」とカミンスキーが言った。「ヒエロニムス・ボスはご存知ですか？」

カール・ルートヴィヒはうなずいた。「悪魔を描きましたね」

「その説は必ずしも確定しているわけではありませんな」カミンスキーは体を起こした。「あなたがおっしゃっているのは、《快楽の園》の右端のほうで、頭に室内用便器をかぶって人間を食らっている者のことですか?」

「もっと上です」とカール・ルートヴィヒは言った。「木から生えている男です」

「興味深いご意見ですな」とカミンスキーは応えた。「絵のなかからこちらを見ていて、まったく苦しそうにしていないたったひとりの者ですね。しかしそれは正解とは言えません」

僕は怒りを覚えながら、ふたりの顔をかわるがわる眺めていた。こいつらはいったい何の話をしているのだろうか?

「あれは悪魔ではありません」とカミンスキーは言った。「画家の自画像なのです」

「私の意見に反対しておられるわけですかな?」

数秒間、静寂があった。カール・ルートヴィヒはバックミラーのなかでほほえんだ。カミンスキーは唖然として下唇を噛んでいる。

「曲がるところをおまちがえになったのでは?」とカール・ルートヴィヒは言った。

「行く先も知らないくせに!」と僕は言った。

「いったいどこへ向かっているんです?」

「悪くはないですよ」カミンスキーはそう言うと、うしろの席に向かってクロワッサンを差し出した。「木の男ですか。悪くはありません！」

カール・ルートヴィヒは包み紙を引きちぎり、がつがつと食べはじめた。

「つらい思いをしたとおっしゃいましたな」とカミンスキーは言った。「私はいまでも、最初の個展のときのことを思い出しますよ。あれは手痛い敗北だった！」

「私も個展を開いたことがございます」カール・ルートヴィヒが、口をもぐもぐと動かしながら言った。

「本当ですか？」

「ごく私的な規模においてですけれども。ずっと以前のことです」

「絵画ですか？」

「アート関係のものです」

「きっと素晴らしいものだったでしょう」とカミンスキーは言った。

「私自身はそんなことを主張できるとは思っておりません」

「ご自身としては、よくない個展だったということですか？」と僕は尋ねた。

「どうでしょうかね」とカール・ルートヴィヒは言った。「基本的にはおっしゃる通りです。私は……」

「あんたに訊いたんじゃない！」スポーツカーが一台、あまりにも遅く走っていたのでクラクションを鳴らして追い抜いた。

「それほど悪いものではなかった」とカミンスキーは言った。「たまたま金銭的な心配はしなくてよかったからな」

「ドミニク・シルヴァのおかげですね」

「それに、よいアイディアが十分にあった。自分の時代が来ることはわかっていたのさ。名誉欲というのは小児病みたいなもんだ。それを克服して、はじめて強い人間になれるわけだ」

「克服できぬ者も、少なくはありません」とカール・ルートヴィヒが言った。

「しかも、テレーゼ・レッシングがまだあなたのそばにいましたね」と僕は言った。

カミンスキーは言葉を返さなかった。僕は真横から彼の様子を注意深く観察した。表情が暗くなっている。バックミラーのなかでは、カール・ルートヴィヒが手の甲で口を拭いていた。革シートの上に、クロワッサンのくずがはらはらと落ちている。

「もう帰りたいんだが」とカミンスキーは言った。

「ちょっと待ってください！」

「待つ必要などない。家に連れて帰りたまえ！」

「それについては、またゆっくり相談させていただけませんか」

老人は顔をこちらに向けた。一秒ほどのあいだ、サングラスの黒い色の向こう側から見つめられているという感じを強く覚え、息が止まりそうになった。そのあとカミンスキーは顔をそらし、頭を傾けた。彼の体全体が縮んでいくように見えた。

「承知しました」と僕は小声で言った。「じゃあ、戻ります」カール・ルートヴィヒがくすくすと笑った。ウィンカーを出して車を路肩に停め、ターンしようとした。

「まっすぐ行け」とカミンスキーは言った。

「何ですって？」

「このまま運転しろ」

「しかしたったいま……」

カミンスキーがシー、と言ったので僕は話すのをやめた。老人は木彫りの彫刻のように表情をこわばらせている。気が変わったのだろうか。それとも、自分の権力を見せつけたいだけなのか？　いやそうではあるまい、彼は年寄りであり、頭がおかしくなっているのだ。過大評価をしてはならない。もう一度、カミンスキーの顔を見てから車を道へ戻した。

「ときには、決断するのが難しく思われることもあるものですな」とカール・ルートヴィヒが言った。

「よけいなことを言うな！」と僕は言った。カミンスキーは何も口に入れていないのに、顎をもぐもぐと動かしている。その表情は、まるで何も起こらなかったかのように、ふたたび弛緩しきっていた。

「ところで」と僕は言った。「クレランスに行ってきましたよ」

「どこに行ったって？」

「塩鉱ですよ」

「君もそれなりに苦労してるみたいだな！」とカミンスキーは大きな声で言った。

「あそこでは本当に迷われたのですか？」

「馬鹿げていると思えるだろう。それはわかる。ガイドがどうしても見つけられなかった。それまでは、自分の目に問題があるということを真剣に考えていなかった。だがとつぜん、いたるところに霧がたちこめていた。あんな地下深くに霧など出るはずがないのに。それで私は、問題を認めざるをえなくなった」

「加齢黄斑変性ですか？」とカール・ルートヴィヒが尋ねた。

「何だって？」と僕は訊いた。

カミンスキーはうなずいた。「いい勘をしておられる」

「いまでは、まったく何も見わけられないのですか？」とカール・ルートヴィヒが尋ねた。

「かたちならわかる。ときには色だって。運がよければ、輪郭も」

「誰の力も借りずに外に出られたのですか？」と僕は訊いた。

「ありがたいことにな。ずっと右側の壁に沿って進むという、昔からの秘策を使ったのさ」

「わかりますよ」右側の壁に沿って？　その様子を頭に浮かべてみようとした。なぜそんなやり方でうまくいくのだろう？

「次の日、眼科医を訪ねた。そこで事実を知らされたわけだ」

「おそらく、世界が終わってしまうとお考えになったのではありませんか」とカール・ルートヴィヒが言った。

カミンスキーはゆっくりとうなずいた。「それからどうなったか、わかるかね？」

カール・ルートヴィヒは身を乗り出した。

「世界が終わったんだよ」

太陽はほとんど天頂に到達していた。すでにかなり遠ざかっているように感じられる山々は、真昼の靄のなかでぼやけて見える。心地よい疲労感が覆いかぶさってきて、あくびをこらえ切れなかった。僕はヴェルニッケのルポルタージュについて話しはじめた。ほんの偶然から事件について聞いたこと、偉大な業績の端緒にはしばしば幸運があること、はじめて家に行き、たまたま窓からなかを覗いたときの様子、未亡人が僕を追い払おうとしても聞き入れなかったことを語った。いつものように、これらのエピソードは受けがよかった。カミンスキーはうつろなほほえみを浮かべ、カール・ルートヴィヒは口をぽかんとあけて僕を見ている。次のガソリンスタンドで車を停めた。

　ほかに車はない。ガソリンスタンドの建物は平べったく、まわりの緑と一体化しているように見えた。ガソリンを入れていると、カミンスキーが車から降りてきた。うめき声をあげながらナイトガウンの皺を伸ばし、片手で背中を押すようにし、杖を手元に引き寄せると背中を伸ばして立った。「トイレに連れて行ってもらいたいんだが！」

　僕はうなずいた。「カール・ルートヴィヒ、車から降りろ！」

　カール・ルートヴィヒはわざとらしく眼鏡をかけ、歯をむき出した。「何のために？」

「鍵を閉めるからさ」

「心配御無用、私が車のなかにいますから」

「だからこそ心配なんじゃないか」

「君はこの人を侮辱するつもりかね？」とカミンスキーが口をはさんだ。

「これは侮辱です」とカール・ルートヴィヒが言った。

「この人は何もしていないだろう！」

「私は何もしてませんよ！」

「くだらんことを言うのはやめたまえ！」

「その通りです。お願いしますよ」

僕はため息をつき、身をかがめるとレコーダーをポケットに入れ、車のキーを引き抜いてカール・ルートヴィヒに警告のまなざしを送った。バッグを肩にかけてカミンスキーの手を握ると、またしても柔らかく、奇妙に安定した感触を覚え、このときも自分の方が彼に導かれているような気がした。外で待っているあいだは「ビールを飲もう！」と書かれた広告ポスターを見ていた。笑っている主婦、三人の太った子供、そして笑顔の絵が描かれた丸いティーポット。少しのあいだ壁にもたれていた。ひどく疲れている。

一緒にレジのところまで歩いて行った。「金はもってないからな」とカミンスキーが言った。歯を食いしばりながらクレジットカードをとり出した。外でエンジンが掛けられる音がした。一度は止まったが、また掛けられ、やがて音は遠ざかっていった。レジの女性は、監視カメラのモニターを興味深そうに見ていた。僕はサインをし、カミンスキーを腕のところで支えた。シューという音を立ててドアがあいた。

僕が急に立ち止まったせいで、カミンスキーは倒れそうになった。

とはいえ、僕は真に驚いていたわけではなかった。こうなるに決まっていた、鬱陶しいまでに必然性のある人間の行動パターンが、ここでも現実となっただけなのだと考えていた。まったく驚きはない。目をこすった。叫び声をあげたかったが、力が抜けてしまっている。ゆっくりと膝を折り、地面に尻をつけ、両手で顎を支えた。

「どうした？」とカミンスキーに訊かれた。

目を閉じた。とつぜん、何もかもがどうでもいいことに思えてきた。カミンスキーと僕の本、それに僕の未来も駄目になってしまえばいいのだ！　僕にいったい何ができるというのか、この年寄りが僕にどんな関係があるというのか？　アスファルトは温かく、目の前の暗闇には明るい木目模様が入っている。草とガソリンの匂いがした。

「ツェルナー！　死んでしまったのか？」

僕は目をあけ、ゆっくりと立ち上がった。

「ツェルナー！」カミンスキーがどなった。高く、耳に突き刺さるような声だ。老人をそこに立たせたままにして、もう一度なかへ入った。レジの女性は、こんな愉快な事件ははじめて見たといった様子で笑っていた。「ツェルナー！」女は受話器をとって渡してくれようとしたが、警察に長時間の足止めをくらって面倒な質問をされるのはいやだった。僕は、自分で何とかしますからいいですよ、と告げた。「ツェルナー！」タクシーを呼んでいただけませんかと頼んだところ、女は電話をかけてくれたが、そのあと僕に電話料金を請求した。あんたは頭がどうかしてるんじゃないのか？　僕は外へ出て、カミンスキーの肘をつかんだ。

「やっと来たか！　何がどうしたんだ？」

「何もわからないようなふりをするのは、もうやめてください」

あたりを見渡した。そよ風が野原を波立たせている。空にはわずかな数の薄い雲が浮かんでいる。とても心の安まる場所だった。ここにとどまったっていいぐらいだ。

だが、もうタクシーが姿を現した。背中に手をそえてカミンスキーを乗せてやりながら、いちばん近い駅までお願いしますと告げた。

第8章

電話の鳴る音のせいで眠りから引きはがされた。手探りで受話器をさがしていると、何かが床の上に落ちた。それを見つけて耳に当てた。どちら様でしょう？　ヴェーゲンフェルト、アンゼルム・ヴェーゲンフェルトです、フロントの。ああそうですか、と僕は応えた。何のご用でしょうか？　僕をとり囲んでいるのは、まさしく使い古された部屋そのものだった。ベッドの脚、テーブル、しみがついたナイトテーブルのランプ、斜めに傾いている壁の鏡。あのお年寄りが、とヴェーゲンフェルトは言った。誰のことですか？　あのお年寄りが、と相手は奇妙なアクセントで繰り返した。体を起こした。すっかり目がさめていた。「何があったんですか？」

「特に何かが起こったというわけではございません。しかし、あの方のお部屋を見てきていただきたいのです」

「なぜでしょう？」

ヴェーゲンフェルトは咳払いをした。続いて本当の咳をして、そのあとまた咳払いをした。

「このホテルには規則がございましてね。私どもにも許容できないことがいくつかあることは、おわかりいただけるかと思います。おわかりですね?」

「だから、何があったんですか?」

「お連れ様のところに、お客様がお見えになりましてね。その方を追い払っていただきたいのです。さもなければ、私どもがそれを実行せざるをえません!」

「まさか、おっしゃっているのは……」

「その通りです」とヴェーゲンフェルトは言った。「まさにそれです」電話は切れた。

立ち上がり、狭苦しいバスルームに入って冷たい水で顔を洗った。午後五時だった。ぐっすり眠っていたので、すっかり時間の感覚を失っている。記憶がよみがえるまでに数秒かかった。

僕たちをガソリンスタンドまで迎えにきたタクシーの運転手は、寡黙な男だった。「ちがう」とつぜん、カミンスキーがそう言った。「駅へ行くんじゃない! 私は寝たいんだ」

「こんな時間に寝られないでしょう」

「私は寝られるし、寝るつもりだ。どこかのホテルでな!」

運転手はどうでもよさそうにうなずいた。

「こんなところでぐずぐずしていられませんよ」と僕は言った。「とにかく先へ進まないと」運転手は肩をすくめた。

「もうすぐ一時になる」とカミンスキーは言った。

時計に目をやると、一時五分前だった。「一時なんて、まだだいぶ先ですよ」

「私は一時に寝る。四十年前からそうしているし、それを変える気はない。こちらの方に、自宅まで連れて帰ってくれるように頼むことだってできる」

運転手は老人に向かって、金銭欲をむき出しにしたまなざしを投げかけた。

「わかりましたよ」と僕は言った。「どこかのホテルまでお願いします」自分が空虚で無力な存在であるという感覚を抱いていた。運転手の肩を指で叩いた。「この地域で最高のホテルへね」

僕は「最高の」というところで首を振り、否定の意志を伝えるときにそうするように手を動かしてみせた。運転手は僕の意図を理解し、にやりとした。

「おかしなホテルには行かんからな」とカミンスキーは言った。

紙幣を手に握らせると、運転手はウィンクをしてみせた。「最高のところへお連れしますから！」

「期待してるよ」カミンスキーはそう言うと、ナイトガウンの襟元をしめ、杖をつかみ、口を動かしてピチャピチャという小さな音を出していた。車とトランクがどこかへ行ってしまったことなど、彼にとっては何でもないようだった。新しい髭剃りの入った僕のトランクもなくなってしまい、いま手元には書類を入れるバッグしかなかった。おそらくカミンスキーは何が起こったのかをまったく理解していないのだろう。それについては話さないほうがよさそうだ。

小さな街だった。低い家並み、ショーウィンドウ、ありふれた噴水のある歩行者専用道路。さらにいくつかショーウィンドウがあり、大きなホテルの前を通過し、さらにもうひとつ大きなホテルがあった。タクシーは、小さなみすぼらしいペンションの前で停まった。僕は疑わしげな表情をつくって運転手を見て、親指と人差し指を動かした。本当にこれがいちばん安いところなのだろうか？　運転手は考えこみ、また車を発進させた。

今度はファサードが汚れており、窓ガラスも曇っている醜悪なホテルの前で停まった。僕はうなずいた。「最高ですね！　あの制服の男性が見えますか？」

「ふたりいますね」と運転手は言った。彼もこの嘘を楽しんでいる様子だ。「大臣がお見えになるときは、いつもここに宿泊なさるんですよ」

タクシー代を払い、さらにチップを渡した。運転手は十分に期待に応えてくれたのである。僕はカミンスキーを狭く小汚いロビーに連れて行った。旅回りのセールスマンの気を滅入らせてしまうような宿泊施設だ。「なんと豪華な絨毯でしょうか！」僕は驚嘆の念をこめてそう言ってから、シングルルームをふたつ頼んだ。脂っぽい髪の毛の男性が、驚いた顔をして申込書をよこした。最初の一枚に自分の名前を書き、二枚目には読めないような文字をなぐり書きした。「ありがとう、荷物は運んでもらわなくていいから！」エレベーターはギシギシという音を立てながら上昇し、僕たちはほとんど真っ暗な廊下に出た。カミンスキーの部屋は狭く、洋服箪笥はだらしなくあいたままで、空気はよどんでいた。

「本物のシャガールが掛けられていますよ！」と僕は言った。

「マルクに関しては、複製よりもオリジナルのほうが多いのだ。薬をベッドの横に置いておいてくれたまえ。おかしな匂いがするな。本当に最高のホテルなのかね？」

ナイトテーブルの上には、すべての薬を置くのに十分なスペースはなかった。幸運にも、僕は昨日のうちにベータブロッカー、カルディオ＝アスピリン、血圧降下剤、睡眠薬といった薬品類を書類鞄のなかに入れていた。

「私のトランクはどこだ？」とカミンスキーは尋ねた。

「車のなかですよ」

彼は額に皺を寄せ、「樹木の男か」と言った。「まったく素晴らしい！　君はボスを研究したことはあるのかね？」

「いいえ、それほどは」

「じゃあ、とっとと出て行きたまえ！」老人は楽しそうに手を叩いた。「出て行くんだ！」

「何か必要なものでもあれば……」

「必要なものなどない。もう行きなさい！」

ため息をつきながら部屋の外に出た。カミンスキーの部屋よりもさらに狭い部屋で服を脱いだ。裸になってベッドに入り、頭まですっぽり布団で覆い、うとうとと眠りこんだ。ヴェーゲンフェルトが電話をかけてきたのは、夢を見ることもなく三時間ほど眠ったあとだった。

カミンスキーの部屋を見つけるまでには、少し時間がかかった。ドアには「起こさないでください」の札が掛かっていたが、鍵は掛かっていない。そっとドアをあけた。

カミンスキーが「あの男はこの……」と言いかけたところだった。「たえず自分自身を、憎しみと自己愛の混じった感情をもって描くというアイディアをもっていた。やつは、まったく妥当なことを述べる比類なき狂人だった」女は両足を組み、背中を壁につけて、まっすぐな姿勢でベッドの上に座っていた。濃い化粧をし、髪は赤く、シースルーのブラウスにミニスカート、網タイツという姿だ。床の上にはきちんと揃えてブーツが置いてあった。洋服の上にナイトガウンを着たままのカミンスキーは仰向けになり、両手を胸の上で組んで頭を女の膝に載せていた。「だから訊いたのさ。本当にそれはミノタウロスでなければならないのか、と。私たちは、あの男の整然としたアトリエにいた。写真を撮るときだけ、やつは部屋のなかを乱雑にしていたんだ。神のような黒い瞳で私を見ていた」女はあくびをしながら、ゆっくりと老人の頭を撫でている。「私は言った。ミノタウロスなんて……君は自分自身を過大評価しているんじゃないか、と。そしてあの男は、どうしてもそのことを許そうとしなかった。私がやつの作品を笑ったとしても、気にもかけなかっただろうに。ツェルナー、なかへ入ってきたまえ！」

僕は背後でドアを閉めた。

「この人からどんな素晴らしい香りがするか、わかるかね？　高価な香水じゃないし、少し強すぎる香りだ。だが、それがどうしたというんだ！　名前は何ていうんだね？」

女は僕をちらりと見た。「ヤーナよ」

「ゼバスティアン、自分がまだ若いということを嬉しく思いたまえ！」

カミンスキーからファーストネームで呼ばれたのはこれがはじめてだった。僕は香りを確かめるために空気を吸いこんでみたが、香水など感じられなかった。「本当にまずい事態になっているんですよ」と僕は告げた。「ホテルに入ったときに見られたんです。さっき支配人が電話をよこしました」

「私が誰なのかを教えてやれ！」

僕は何と返事をすべきかわからず、黙っていた。テーブルの上には小さなメモ帳が置かれていた。数枚の紙しか残っておらず、誰か以前の客が残していったもののようだ。何かスケッチがなされている。カミンスキーはぎこちない動作で体を起こした。「単なる冗談だ。ヤーナ、そういうことだったら、もう君には帰ってもらわねばならん。心から感謝しているよ」

「いいわ」ヤーナはそう言うと、ブーツに足を通しはじめた。僕は意識を集中して、革が膝の上まで伸ばされていく様子を眺めていた。一瞬、女の鎖骨がむき出しになり、赤い髪が柔らかく首の上へ落ちかかった。僕はすばやくメモ帳に手を伸ばし、いちばん上の一枚を破りとってポケットに入れた。ドアをあけると、ヤーナは黙ったままあとについて出てきた。

「心配しなくていいわよ」と女は言った。「もうお金はもらってるから」

「本当に?」カミンスキーはついさっきも金なんかもっていないと主張していたではないか! それはそうと、こんなチャンスは黙って見のがすべきではない。「悪いんだけど、ちょっと一緒に来てくれないかな!」ヤーナを僕の部屋へ連れて行き、彼女の背後でドアを閉め、紙幣を渡した。「君に訊きたいことがあるんだ」

女は壁にもたれかかって僕を見ていた。たぶん十九歳か二十歳ぐらい、それ以上ではあるまい。腕組みをしたまま、片足を上げてから、靴底を絨毯に押しつけた。醜悪な印象をもたらす動作だった。ヤーナは僕の乱れたベッドを見ながらほほえんだ。僕は、自分の顔が赤くなったことに気づいて怒りを覚えた。

「ヤーナ……」咳払いをした。「ヤーナって呼んでもいいかな?」相手を不安にさせないように注意する必要があった。

女は肩をすくめた。

「ヤーナ、あの人は君にどんな要求をした?」

「何のこと？」

「彼はどんなことが好きなんだろう？」

額に皺が寄った。

「どんなことをしてほしいって言われたのかな？」

ヤーナは一歩、僕から遠ざかるように脇へ寄った。「あんた、自分で見たじゃない」

「その前はどうだったの？　あれだけじゃなかったんじゃないの」

「もちろん、あれだけよ！」女は放心したような表情で僕を見ていた。「あの人がどれほどの年寄りなのか、わかってるくせに。あんた、頭は大丈夫なの？」

香水のことはカミンスキーの空想にちがいない。僕はひとつしかない椅子を引き寄せて腰をおろしたが、落ち着かない気分になり、また立ち上がった。「彼が話をしただけっていうこと？　それで君は頭を撫でてやったわけ？」

ヤーナはうなずいた。

「おかしいと思わない？」

「別に。あんたはおかしいと思うの？」

「どうして君の電話番号がわかったんだろう」

「インフォメーションに訊いたんじゃないの。けっこう抜け目のない人なのよ」女は髪の毛をうしろに向かって撫でつけた。「いったいどういう人なの？　きっと昔はかなり……」ヤーナはほほえんだ。「わかるわよね。あんたとは親戚とかじゃないでしょう？」

「何で？」カール・ルートヴィヒが同じことを言っていたのを思い出した。「つまりさ、親戚だってておかしくないだろう。どうしてそうじゃないって思う？」

「そんなの、見たらわかるわよ！　そろそろ帰ってもいいかしら……」女は僕の目を覗きこんだ。

「……それとも、まだ何か用があるの？」

僕は赤面していた。「僕たちが血がつながってないって思うのはどうして？」

数秒間、僕を見ていたのちにヤーナが近づいてきたので、思わず身を引いた。彼女は腕を伸ばし、両手を僕の頭の上を通過させ、首のうしろにあてて自分のほうへ引き寄せた。僕は抵抗し、至近距離から相手を見ていたが、どこに目をやればいいのかわからなかった。髪の毛が僕の顔にかかっている。手をふりほどこうとしたとき、ヤーナは笑いながらうしろにさがった。急に僕のからだは麻痺してしまったようだった。

「お金は払ってもらってるから」と彼女は言った。「次は何をすればいい？」

僕は答えなかった。

「いいのね？」女はそう言うと、眉を上げてみせた。「まあ気にしないで！」ヤーナは笑うと、部屋から出て行った。

僕は額をこすった。しばらくすると呼吸も正常に戻った。つまり僕は、またしてもまったく無駄なことに金を遣ってしまったのだ。もうこんなことは続けていられない！ いますぐメーゲルバッハと必要経費について話し合わなければならない。

メモ帳から破りとった紙をとり出した。直線が——いやそうではない、軽く曲がっている線がつくり出す網が描かれている。線は下の両端から紙の全体に引かれていて、あいだのスペースの精妙なシステムにおいて、人の姿の輪郭を生み出していた。いや、気のせいだったのだろうか？もう人の姿は見つけられなくなった。いや、また現れた！ そしてまた消えた。線ははっきりと引かれている。どの線も途中で切れることなく、ひと筆で引かれている。目の見えない人間に、こんなことができるだろうか？ それとも、以前の宿泊客とか、誰か別の者が描いたものであって、まったくの偶然の産物なのだろうか？ コメネウに見せなければならない、僕ひとりでは答えは出せそうもないからだ。紙をたたんでポケットに入れ、なぜヤーナをあのまま帰らせてしまったのだろうと考えた。メーゲルバッハに電話をかけた。

やあ元気かね、という声がした。調子はどうだい？ 最高ですよ、と僕は答えた。考えていたよりもずっとうまくいってます。もうあの爺さんは、予想もしてなかったようなことをたくさん話してくれました、世間から注目される本になることはお約束しますよ。でも、それ以上はここでは言えません。ただ、予期していなかった出費がかなり発生していまして……。舌打ちするような音が聞こえたため、僕は話すのを中断した。出費が発生していまして、と僕は繰り返した。どうも接続がよくないみたいだな、とメーゲルバッハは言った。またあとでかけ直してもらえるかね？　でも重要なことなんです、と僕は言った。いますぐに……いまはゆっくり話せないんだよ、とメーゲルバッハは応えた。会議の最中でね。そもそも秘書がどうしてこの電話を取り次いだのか不思議なくらいだ。簡単なお願いなんですよ、と僕は言った。つまり……。幸運を祈ってる、と相手は言った。心から幸運を祈ってるよ、君がすごい成果を挙げてくれることを信じてるから。そして電話は切れた。もう一度かけると、今度は女性秘書が出た。彼女は、残念ですがメーゲルバッハさんはオフィスにいらっしゃいませんと言った。そんなはずはないですよ、と僕は言葉を返した。たったいまお話しさせていただいたばかりなんですから……彼女はきっぱりとした口調で、何か御伝言などはおありですか、と訊いた。またあとでお電話させていただきますので、と告げた。

カミンスキーのところへ行った。汗びっしょりで、トレイを手にもっているウェイターが、ドアをまさにノックしているところだった。

「何でしょうか？」と僕は言った。「誰もそんなものは頼んでいませんが！」

ウェイターは唇を舐め、僕に怒りのこもったまなざしを投げかけた。額には汗の粒が光っている。「頼まれたんですよ、三〇四号室に。さっき電話があったんです。今日の定食をふたりぶんもって来てくれって。そもそもうちではルームサービスなんてやってないんですが、追加料金を払うって言われたもんですから」

「遅かったじゃないか！」カミンスキーがなかから叫んだ。「なかにもって入ってくれ。それから、肉を切りわけておいてもらいたいんだがね！　食事の邪魔はしないだろうな、ツェルナー！」

僕はドアに背中を向け、自分の部屋に向かった。

なかに入ったとき、電話が鳴った。おそらくメーゲルバッハが、さっきの電話のことで僕に詫びを言おうとしているのだろう。受話器を手にとったが、ツーという音がするだけだった。部屋の電話ではなく、携帯が鳴っていたのだ。

「どこにいるの？」ミリアムが大声で言った。「父はそこにいるのかしら？」

僕は終了キーを押した。

また鳴った。携帯を手にとり、脇へ置いて考えた。息を深く吸いこんでから、あらためて手にとった。「もしもし？」と僕は言った。「お元気ですか？　この番号は誰からお聞きになったんですか？　お約束しますよ、あなたには……」

そのあとはまったく言葉を発することができなかった。僕は部屋のなかをゆっくりと歩き回り、窓のところへ行って額をガラスにくっつけた。携帯をもつ手をおろし、深く息を吐き出した。ガラスの表面にかすかに霧がかかった。また携帯を耳に当てた。

「冗談はおやめになってください」と僕は言った。「誘拐ですって？　お父上はすごくお元気です、僕たちは一緒に旅行をしているだけですよ。もしお望みであれば、一緒に来ていただいてもかまいませんが」

無意識のうちに、電話をもつ手を遠ざけていた。耳が痛い。汚れがこびりついている窓を袖で拭いた。携帯を耳から五十センチは離していたにもかかわらず、一語一語を正確に聞きとれた。

「ちょっと僕にもしゃべらせてもらえませんか？」

ベッドの上に腰をおろした。あいているほうの手でテレビのスイッチを入れた。馬に乗った男が荒野のセットを駆け抜けている。チャンネルを替えた。主婦がいとしそうにハンカチを見つめている。またチャンネルを替えると、文化番組編集者のヴェレーナ・マンゴルトがマイクに向かって真剣に話していた。テレビを消した。

「ちょっと僕にもしゃべらせてもらえませんか？」

今度は、その願いは聞き入れられた。相手がとつぜん黙ったことにすぐには反応できず、僕たちは何秒かのあいだ、静寂に耳を澄ませていた。

「第一に、誘拐という言葉をお使いになったことに対しては何も申し上げることはありません、そのような低いレベルの話にはとてもお付き合いできないからです。僕はお父上から、一緒に行ってくれないかって頼まれたわけです。そのためには予定を変更しなければなりませんでしたが、お父上への敬意と……友情から、承諾させていただいたような次第です。このあたりの会話はすべて録音してあります。だから、警察へ連絡するなどということは謹んでいただきたいのです。そちらが恥をかくことになるんですよ。僕たちは最高級のホテルに泊まっています。お父上は部屋にこもっておられて、邪魔してほしくないとおっしゃっている。明日の夜には、お宅までお連れしますよ。第二に、僕がお宅のなかを荒らし回ったなんて、とんでもない言いがかりです。地下室には行っていませんし、どんな書き物机にも触ったりしていませんよ。まったくの邪推です！」ミリアムはいまごろ、勝ち目のない相手に対して喧嘩をしかけてしまったことに気づいていることだろう。「そして第四に……」言いまちがいをしてしまった。「第三に、行く先についてはお教えできません。そのことは、お父上ご自身から説明をしていただくべきでしょう。お父上には、とても……感謝申し上げています」立ち上がった。自分の声の響きを心地よく感じていた。「お父上はまぎれもなくお元気でいらっしゃいます。自由がお体にいいようですよ！　申し上げてよろしければ、いまお父上がなさっていることは……そろそろ誰かが、あの牢獄から連れ出してあげるべき時期だったんじゃありませんか」

何が起こったのか？　僕は唖然として聞き耳を立てていた。何か別の音が聞こえているのだろうか？　僕は身をかがめ、反対側の耳を手でふさいだ。いや、別の音ではない。

「何か面白いことでもあるんですか？」

怒りのあまり体が勝手に動き、膝をナイトテーブルにぶつけてしまった。「ええ、そう言いましたよ。あの牢獄からって」窓の近くへ行った。太陽は、屋根や塔やアンテナの上ぎりぎりのところに位置している。「牢獄ですよ！　いますぐ笑うのをおやめにならないようでしたら、電話を切りますから。もしいますぐ……」

停止キーを押した。

携帯を放り投げ、室内を歩き回った。こみあげる怒りのせいで、まともに呼吸ができなかった。膝をさすった。あんなふうに会話を打ち切ってしまったのは賢明ではなかった。テーブルの上を殴りつけ、前かがみになり、怒りがゆっくりと静まっていくのを感じとっていた。待った。しかし驚いたことに、それっきり電話はかかってこなかった。

じっさい、あれでよかったのだ。あの女は僕の言ったことを真剣に受けとめてなどいない、だから何らかの措置を講じるようなこともないだろう。何が彼女をあれほど笑わせていたにせよ、僕が適切な発言をしたことは明らかだ。いつもと同じように、その場にふさわしいことを言ってのけたのである。僕はまさにこの種の才能にめぐまれているのだ。

鏡を覗いた。ひょっとするとあの車掌が言ったことは正しいのかもしれない。もちろん禿げている箇所などないが、生え際がほとんど気づかない程度に後退しており、そのせいで僕の顔は丸く、実年齢よりも上に、そして顔色も悪く見えるのだ。僕はもう、それほど若いとはいえない。

立ち上がってみた。ジャケットもフィットしていない。片手をあげ、またおろすと、鏡像もためらいながら同じことをした。あるいはジャケットの問題ではないのか？　だとすれば、僕の姿勢には自分でも気づいていない歪みがあるのだろう。さっきヤーナは「気にしないで」と言ったのだろうか？　いったい何を気にするなと言いたかったのだろう？　ひょっとするとあなたにはまだチャンスがあるのかもしれないわ、だって？　ところでミリアムは何を笑ったのか？

いや、あまりにも長時間、運転をし続けたのが悪かったのだ、疲れがたまっているだけなのだ。他のやつらはみんな、どう思っているのだろう？　僕は首を振り、鏡に映った自分を見て、すぐに目をそらした。いったいぜんたい、やつらはどう思っているんだ？

第9章

「遠近法というのは抽象化の技術の一種であって、私たちが慣れ親しんでいる慣習のひとつなのだ。私たちがひとつの絵をリアルであると感じるまでに、光はきわめて多くのレンズを通過する必要がある。いまだかつて現実が一枚の写真のように見えたことはない」

「そうなんですか?」僕はそう言いながら、あくびをかみ殺した。僕たちは急行列車の食堂車にいた。カミンスキーは眼鏡をかけている。杖は脇にたてかけ、ナイトガウンは丸めてビニール袋に入れ、荷物置き場に置いていた。レコーダーはスイッチを入れた状態でテーブルの上にある。

老画家はスープ、メインの料理を二種類、それにデザートをたいらげ、いまはコーヒーを飲んでいた。僕は彼のために肉を切ってやり、食餌療法のことを思い出させようとしたものの、うまくいかなかった。カミンスキーは上機嫌で、二時間前からずっと途切れることなく話し続けている。

「現実とは、眺めるたびに、一秒ごとに変貌してしまうものだ。遠近法は、何とかしてこの混沌を平面に閉じこめるための規則の集大成なのだよ。それ以上でも以下でもない」

「そうなんですか?」空腹を覚えた。カミンスキーとは対照的に、ひどくまずいサラダを口に入れただけだったのだ。乾ききった葉っぱに油っぽいドレッシングがかかっていた。苦情を言っても、ウェイターはため息で応えただけだった。レコーダーがカチッと鳴った。またテープが終わったのである。新しいテープを入れた。カミンスキーは徹頭徹尾、僕が本に書けそうなことは何ひとつ口にしようとしなかった。

「真実というものは、もし存在するとすればの話だが、雰囲気のなかにある。つまり色彩のなかにあるのであって線描のなかにはなく、ましてや透視画の消尽線のなかになどない。君が習った教授連中は、こんなことは教えてくれなかっただろう?」

「まったく教えてくれませんでした」この答えには自信がなかった。大学での学業に関する記憶はすっかりぼやけてしまっていた。ゼミナール室で展開される実りのない議論、発表の順番が回ってくるのを恐れている顔色の悪い学生たち、食堂内の長時間放置された料理の匂い。いつも誰かが、声明文に署名してくれないかと頼んで回っている。いつだったか、ドガについてのレポートを課せられたことがあった。ドガだって? 何も思いつかなかったから、事典の記述を丸写しした。二学期を過ごしたあと、伯父の紹介で広告代理店で働けることになった。そのすぐあと、地方紙の美術批評家の求人があり、僕の書いた批評は合格点に達していたのだった。僕は最初から適切に振舞った。初心者には、激烈な酷評を書くことで名をなそうとする者が少なくないが、それは得策ではない。むしろ一貫して、どんなことについても他の執筆者と同じ意見を述べるようにし、特別招待日を利用して人脈を広げていくことこそが必要なのだ。まもなく僕は、いくつかの雑誌に原稿を書けるようになり、広告代理店をやめることができた。

「ミケランジェロほど線描の巧みな画家はいない。あんなふうに描ける者はほかに誰もいないのだ。だが、色彩は彼にとってはあまり意味をもっていなかった。シクスティーナを見てみたまえ。ミケランジェロにはまったくわかっていなかったのだ、色彩が……色彩それ自体が世界について何かを語るということが。ちゃんと録音しているのかね？」

「すべてのお言葉を録音しています」

「私が過去の巨匠たちの技術を試してみたことは知っているだろう。しばらくのあいだ、絵の具を自分でつくり出すことさえしていた。顔料を匂いで区別するやり方を学んだ。その練習を積めば、迷うことなく色を混ぜることができる。そんなふうにして、私は視力のいい助手よりも、はっきりとものを見ることができたのだ」

隣のテーブル席に、男性がふたり腰をおろした。ひとりが「大切なのは四つのPなのさ」と言った。「つまり価格（Preis）、販売促進（Promotion）、ポジション（Position）、製品（Produkt）だよ」

「窓の外を見たまえ！」とカミンスキーは言った。うしろに体重を預け、額をこすっている。このときも、老人がやたらと大きな手をしていることが目についた。肌はかさかさで、関節の周辺では瘢痕が盛り上がっている。手工業の職人のような手だ。「丘陵があり、草地があり、ときどき村があるんじゃないか。その通りだろう？」

僕はほほえんだ。「だいたいそんな感じです」

「陽は差しているか？」

「ええ」滝のような雨が降っていた。それに三十分ほど前からは、車でいっぱいの道路や倉庫、工場の煙突といったものしか見ていなかった。丘陵も草地もなかったし、ましてや村など存在しなかった。

「こんなふうな列車での旅行を、絵に描けないものかと考えてみたことがある。しかも単に瞬間をとらえるのではなく、旅行の全体を描けないかと」

「うちの商品テストのグループが」隣のテーブルの男が大声で言った。「きめが細かくなったことを保証している。味だってよくなってる！」心配になり、レコーダーをカミンスキーに近づけた。あの男がもっと小さな声で話してくれないと、テープにはやつの声しか残らないだろう。

「そのことに関しては、ずいぶん頭を悩ませたものだ」とカミンスキーは言った。「もうこれ以上は考えられないというところまでな。絵画は時間に対してどんなふうに振舞うものか？　そのとき考えていたのは、パリからリヨンまでの鉄道旅行だった。それを記憶のなかで見えているのと同様に――典型的なものへと凝縮することによって――表現する必要があった」

「マヌエル、まだあなたの結婚についてのお話をうかがっていませんが」

老人は額に皺を寄せた。

「まだあなたの結婚についての……」同じことを繰り返して言おうとした。

「ファーストネームで呼ぶのはやめたまえ。私は君より年上だし、もっと別な扱いを受けることに慣れているものでな」

「核心的な問題は」と隣のテーブルの男がどなった。「欧州の市場がアジアの市場とは異なった反応を示すかどうかなんだ！」

そちらに体を向けてみた。三十代はじめで、ジャケットをだらしなく着ている。顔色が悪く、少ない髪の毛で頭頂部を覆うようにしていた。まさしく、僕がもっとも耐えがたいと感じるようなタイプだ。

「核心的な問題は！」男はまた同じ表現を口にし、僕の視線に気づいた。「何か？」

「小さな声で話してもらえませんかね」と僕は言った。

「小さな声で話してるだろう！」

「だったら、もっと小さな声で話してください！」僕はそう言うと体の向きを戻した。「大きなキャンバスでなければならん。それに、何も明確には描かれていないように見えるにもかかわらず、すでにその旅をした者なら誰であれ、その旅を再確認できるようにしなければならない。あのころは、自分にそれができると思っていた」

「それから、立脚点をどこに置くかという問題が出てくる！」隣のテーブルの男がどなった。「どこに優位があるのか、それを問うべきだ。やつらにはそれがわからんのだ！」

僕はふり向いて男を見た。

「俺を見てるのか？」とやつは尋ねた。

「いいや、まったく！」

「厚かましいやつだ」

「滑稽な野郎だ」

「そんなことを言われて黙ってるわけにはいかんだろう」男はそう言うと立ち上がった。

「たぶんそうだろうな」僕も立ち上がった。相手のほうがはるかに背が高いことに気がついた。

車内の会話はすべてストップしていた。

「座りたまえ」カミンスキーが奇妙な声でそう言った。

男は急に迷っているような様子になり、一歩前に出たものの、また下がった。テーブルの友人に目をやり、それからカミンスキーを見た。額をこすると、腰をおろした。

「まあいいだろう」と僕は言った。「さっきはちょっと……」

「こちらこそ!」

すぐに席に座り、カミンスキーを見つめた。心臓が激しく脈打っている。

老人は椅子の背に頭をもたせかけ、空になったコーヒーカップを指で撫でていた。「もうすぐ一時だ。寝なければならん」

「承知しています」一瞬、目をつむった。僕はいったい、何に対してこれほど驚いているのだろう? 「もうすぐアパートに着きますから」

「ホテルを頼む」

だったら料金を払ってくれ、と言いたかったがこらえた。今朝はまたしても、ルームサービスの料金も含めてホテル代を支払わなければならなかった。ヴェーゲンフェルトにクレジットカードを預けていたとき、カミンスキーの預金残高が頭に浮かんだ。僕に金を出させて旅行をし、眠り、食事をしている小柄でけちな老人は、僕が今後稼ぐことができるであろう額よりもはるかに多くの金をもっているのだ。

「今日は個人宅に泊まります、友人の……いや、僕のアパートに。広いし、とても快適です。きっと気に入っていただけますよ」

「ホテルを頼む」

「気に入っていただけますよ!」エルケは明日の午後にならないと戻ってこない。そのときにはもう僕たちは出発しているから、彼女は気づきもしないだろう。隣のテーブルの愚か者が、いまは小声で話していることに気づき、満足感を覚えた。やつはこの僕を恐れているのだ。

「煙草をよこしたまえ！」とカミンスキーが言った。

「喫煙は禁止されてるんでしょう」

「問題解決を早めるものであれば、何であろうとも好都合なのだ。君にとってもそうじゃないのかね？　絵を描く作業においては、言ってみれば科学と同じように問題を解決することが肝心なのだ」煙草を一本渡してやると、老人は震える手で火をつけた。いまカミンスキーは何と言っただろう――僕にとってもそうじゃないか、と言ったのか？　何かを察知しているのだろうか？

「たとえば私は自画像のシリーズを展開するつもりだが、自分自身の鏡像とか写真ではなく、自分に対して抱いているイメージを手本にしたいと思っている。自分がどんなふうに見えているかを把握している者はいない。私たちは、自分自身に関して完全に誤ったイメージをもっている。普通なら、あらゆる補助手段を用いてそれを修正しようと試みる。しかしその反対のことをおこなうなら、つまりそのまちがったイメージを絵に描くとすれば、しかもできるかぎり正確に、あらゆる細部まで、あらゆる特徴的な顔かたちまでも……」カミンスキーはテーブルを叩いた。

「自画像であって自画像でないものができあがる！　想像できるかね？　しかしそこからは、何も生まれてこないのだ」

「あなたはすでにそれを試みておられますね」

「どうして知っている?」

「単に想像……してみただけですが」

「そうだ、私はそれを試みた。そのあとで目が……。あるいは目のことなど関係なかったのかもしれんが、とにかくうまくいかなかった。敗北を喫したなら、それを認めるべきだ。すべてミリアムが焼いてしまったよ」

「何とおっしゃいました?」

「そうしてくれるように娘に頼んだのさ」カミンスキーは頭をうしろにそらし、真上に向かって煙を吐き出した。「それ以来、アトリエには入っておらん」

「お気持ちはわかりますよ!」

「そんなことで悲しむ必要はない。というのは、いかなることに関しても、重要なのは自分の才能を見極めるということだからだ。まだ若くて、意味のある作品をひとつも描けていなかったころ……君には想像できんだろうな。一週間、閉じこもって……」

「五日間ですね」

「……どっちでもかまわんよ、五日間閉じこもってじっくりと考えた。自分が何ひとつ達成していないということはわかっていた。この種のことがらに関しては、誰からも助けてもらうことはできん」カミンスキーは手探りで灰皿をさがした。「よいアイディアを必要としていただけじゃない。アイディアだったら、どこにでも存在している。私は自分がどんな画家になれるかを発見する必要があった。凡庸さから抜け出る道筋を見つけたかったのだ」

「凡庸さから抜け出る道筋ですか」僕はカミンスキーの言葉を繰り返した。

「ボディダルマの弟子の話は知っているかね?」

「誰の、とおっしゃいました?」

「ボディダルマは、中国にいたインド人の賢者だ。ある男が弟子にしてくれと頼んだが、拒絶された。だから、あとを追うことにした。何年にもわたって口もきかず、へりくだった態度で。何の意味もないのに。ある日のこと、絶望があまりにも深まったために男はボディダルマの前に立ちはだかって叫んだ。『先生、私にはもう何もないのです!』ボディダルマは応えた。『それを捨ててしまうのだ!』」カミンスキーは煙草をもみ消した。「そして男は悟りに達した」

「わかりませんね。何ももっていないのなら、なぜ……」

「その週のうちに、それまでは一本もなかった白髪がはえてきた。ひさしぶりに外に出て、〈反映〉のための最初のスケッチをした。そのあとも、よい絵が描けるようになるまでには長い時間がかかった。しかし、もはやそんなことは重要ではなかった」一瞬、カミンスキーは沈黙した。

「私は偉大な画家に列せられるような者ではない。ヴェラスケスでもゴヤでもレンブラントでもない。しかし、ときにはかなりいい絵を描いた。それはけっして珍しいことではなかった。私がそのような画家であったのは、その五日間のおかげなのだ」

「ぜひ引用させていただきます」

「引用してはならん、ツェルナー、記憶するのだ！」またしても、彼にはすべてのものが見えているという感覚を抱いた。「どんな重要なことも、飛躍しなければ手にすることはできんぞ」

ウェイターに合図をして請求書を頼んだ。飛躍であろうがあるまいが、今回はカミンスキーの分は払うつもりはなかった。

「失礼するよ」カミンスキーはそう言うと杖を握り、立ち上がった。「大丈夫だ、ひとりでできるから」老人は小さな歩幅で僕の横を通りすぎ、テーブルにぶつかって詫びを言い、ウェイターにぶつかり、また詫びの言葉を口にし、トイレに姿を消した。ウェイターが目の前に請求書を置いた。

「ちょっとお待ちください！」と僕は頼んだ。

僕たちは待った。建物が次第に大きくなり、ガラス窓には空の灰色が映っている。道路では車が渋滞しており、雨はさらに勢いを増した。ウェイターが、永遠に待たせていただくというわけにはいかないんですが、と言った。

「もうちょっとお願いします！」

近くの空港から飛行機が上昇し、雲に呑みこまれた。隣のテーブルのふたりは僕に不愉快そうなまなざしを送りながら出て行った。外には大通り、デパートのネオンサイン、そして水の出が悪い噴水が見える。

「どうなさるんです？」とウェイターに訊かれた。

無言でクレジットカードを渡した。飛行機がライトを点滅させながら下降してくる。レールの数が増えてきた。ウェイターが戻ってきて、このカードは器械が受けつけませんでしたと告げられた。そんなはずないですよ、もう一度やってみてくれませんかと言ったところ、私は馬鹿じゃないんですよという言葉が返ってきた。僕は、いや別に確信があるわけじゃないんですが、と応えた。ウェイターは僕を見下ろし、顎を撫でていたが、何も言おうとしなかった。しかし列車にはすでにブレーキがかけられ、もはや議論している時間はなくなっていた。投げるように紙幣を渡し、釣銭の全額を受けとった。立ち上がったとき、カミンスキーがトイレから出てきた。

自分のバッグと彼のナイトガウンが入った袋をもち、老人の肘のところをつかんで出口のドアまで連れて行った。ドアをあけ、カミンスキーを突き落としてしまいたいという衝動を抑え、先にホームに飛び降りてから、十分に注意をはらいながら降りるのを手伝った。

「寝たいんだがね」

「もうすぐですよ。地下鉄に乗って、それから……」

「いやだめだ」

「なぜですか？」

「そんなものには一度も乗ったことがないし、いまさらはじめて乗ろうとも思わん」

「遠くはありません。タクシーは高いですし」

「それほど高くはあるまい」カミンスキーは混雑しているホームに沿って僕を引っ張っていき、驚くほど巧みに人々をよけた。まったく迷うことなく外の道に出ると、片手をあげた。一台のタクシーが停まり、運転手が降りてきて、老人がドアをあけて乗りこむのを手伝った。僕は助手席に座った。怒りのせいで喉がからからになっている。運転手に住所を告げた。

「なぜ雨なんだ？」カミンスキーは物思わしげにそう言った。「ここではいつも雨が降っているんですよ。世界でもっとも醜悪な国じゃないでしょうか」

僕は不安になって運転手のほうを見た。口髭をはやし、太っており、かなり力が強そうだった。

「ベルギーを別にすればな」とカミンスキーが言った。

「ベルギーに住んでおられたのですか？」

「まさか、そんなはずがないだろう。君が払うのか？　小銭はもっていないぞ」

「お金はまったくお持ちになっておられないのだと思っていましたが」

「その通りだ。金などない」

「ここまで、僕がすべての支払いをしてきたんですよ！」

「太っ腹だな。私は寝なければならん」

タクシーは停まった。運転手が僕を見た。とてもその視線に耐えられそうになかったので、金を払った。車から降りると、雨が顔を打った。カミンスキーが足を滑らせていたので、体を支えてやった。カタンという音を立てて杖がころがった。拾い上げると、杖はびしょぬれになってい て、雨がしたたり落ちた。エントランスの大理石に足音が反響している。エレベーターが音もなく僕たちを上へと運んでいく。一瞬、エルケが鍵を替えてしまったのではないかと不安になった。しかし、まだ手元の鍵で大丈夫だった。

ドアをあけ、聞き耳を立てた。何の音もしない。手紙の差し入れ口の下には、ここ二日間の郵便物がたまっていた。大きな音を立てて咳をして、耳を澄ませた。何の音もしない。ほかに誰もいないのだ。

「正しく理解しているかどうか、わからんのだが」とカミンスキーは言った。「君と私は、私の過去じゃなくて君の過去のなかへ入りこんでいるような気がするんだが」

老人をゲストルームへ案内してやった。ベッドには清潔なシーツがかけてある。「換気しなくてはな」とカミンスキーが言ったので、窓をあけた。「薬を頼む」ナイトテーブルの上に薬を並べた。「パジャマをくれ」

「パジャマはトランクのなかですよ。そしてトランクは、車のなかにあります」

「それで車は？」

僕は答えなかった。

「ああ、そうか」と彼は言った。「じゃあ、もうひとりにしてくれたまえ」

居間には、僕のトランクがふたつ、中身がぎっしりと詰まった状態で置かれていた。エルケは電話で言ったことを実行したのだ！　廊下に出て、郵便物を手にとった。請求書、広告、エルケ宛ての封筒が二通ある。一通は彼女の退屈な女ともだちのひとりからであり、もう一通はヴァルター・ムンツィンガーとかいう男からだった。ヴァルターだって？　あけて読んでみたが、差出人はエルケの代理店の客にすぎず、文章も丁寧で、ひどくよそよそしかった。別のヴァルターにちがいない。

僕に来た手紙もあった。またしても請求書、「ビールを飲もう！」の広告、原稿の掲載紙が三つ、そして招待状が二通。ひとつは来週の出版記念会に関するもの、もうひとつは今晩開かれるアロンゾ・クヴィリングの新しいコラージュ展のオープニング・パーティーのものだった。重要人物が集まることだろう。いつもなら何があっても出席するところだ。カミンスキーが僕のすぐ横にいるのに誰もそれを知らないということが無念に思われた。

招待状を見つめながら部屋のなかを歩き回った。雨が窓に当たってパラパラという音を立てている。行けばいいんじゃないか？　それによって僕の社会的地位がすっかり変わってしまうかもしれないのだから。

大きいほうのトランクをあけ、シャツを選んだ。いちばんましなジャケットを着なければなるまい。靴も別のものを履こう。そしていうまでもなく、エルケの車のキーが必要だ。

第10章

「ハロー、ゼバスティアン。入ってくれたまえ」

　ホーホガルトに肩を叩かれ、僕は彼の二の腕を軽く叩き返した。ホーホガルトはまるで友人のような目で僕を見ており、僕もそれに疑いを抱いていないかのようにほほえみを浮かべた。ホーホガルトはこのギャラリーの経営者で、ときどき批評も書いている。自分の手がけた個展について書くこともあったが、誰もそれに目くじらを立てたりはしなかった。革のジャケットを着ており、長い髪が房となって垂れている。

「クヴィリングは見逃せませんからね」と僕は言った。「ご紹介申し上げてもいいですか？」一瞬、ためらった。「こちらはマヌエル・カミンスキーさんです」

「よろしく」ホーホガルトはそう言うと、手を差し出した。小柄で、杖で体を支えており、ウールのセーターを着て、旅行のあいだにかなり皺だらけになったコーデュロイのズボンをはいて僕の横に立っている老人は、何の反応も示さなかった。ホーホガルトはしばらく微動だにしなかったが、そのあと老人の肩を叩いた。カミンスキーはぴくりと体を震わせ、ホーホガルトは僕に向かってにやりと笑ってから人ごみのなかに消えた。

「いまのは何者だ?」カミンスキーが自分の肩を撫でながら言った。

「あんなやつは無視してください」僕は不安を抱きながらホーホガルトを目で追っていた。「何の意味もない人間ですから。でもここには、面白い絵がありますよ」

「面白い絵があったらどうしたというんだ? まさか君は本当に、私を誰かの個展に連れてきたわけか? ほんの一時間前に睡眠薬を呑んだばかりで、自分がまだ生きているかどうかもわからんのだぞ。それなのに、こんなところに連れてきたのか?」

「今日がオープニングなんですよ」僕はいらだちを覚えながらそう応え、煙草に火をつけた。

「私が最後にオープニングパーティーをやったのは三十五年前、グッゲンハイムだった。君は頭がいかれてしまったのか?」

「ほんの数分間だけですから」カミンスキーを押すようにして進んでいった。人々は彼の杖とサングラスを見て、道をあけてくれた。

「クヴィリングならやってくれると思ったぜ!」とオイゲン・マンツが叫んだ。美術誌「ArT」の編集長だ。「もう盲人がやって来たじゃないか」マンツは一瞬考えこんでから言った。「目の不自由な人は、みんな俺んところに連れて来い!」思いっきり笑ってみせるために、彼は手にしていたグラスを置かなければならなかった。

僕は様子をうかがいながら「ハロー、オイゲン」と呼びかけた。マンツは重要人物だ。彼の編集部の一員となることは僕の夢だった。

マンツはもう一度「目の不自由な人はみんな俺んところに連れて来い！」と言った。頬骨のとがった痩せた女が、彼の頭を撫でている。マンツは涙をふき、うつろな表情で僕を見た。

「ゼバスティアン・ツェルナーです」と僕は言った。「覚えておられますか？」

「当たり前じゃないか」とマンツは言った。「覚えてるさ」

「それからこちらは、マヌエル・カミンスキーさんです」

マンツはにごったまなざしをカミンスキーに、次に僕に、さらにもう一度カミンスキーへと投げかけた。「まさか、本当かね？」

暑くなってきた。「もちろん本当です」

「何てこった」彼はそう言うと、一歩しりぞいた。うしろにいた女性が、どこかが痛かったらしく声をあげた。

「何だ、何がどうしたんだね？」とカミンスキーは言った。

オイゲン・マンツはカミンスキーに歩み寄り、腰を折って手を差し出した。「オイゲン・マンツです」カミンスキーは反応を示さなかった。「『ＡｒＴ』の編集長です」

「何だって？」とカミンスキーは言った。

「『ＡｒＴ』のオイゲン・マンツです」

「何がどうなってるんだ？」

マンツは困惑した表情で僕のほうを見た。片手は、カミンスキーに向かって差し出されたままだ。僕は軽く肩をすくめ、どうしようもないという表情をつくって天井をあおいだ。

「つまり私は、目が見えないのだよ」とカミンスキーは言った。

「もちろんそうでしたね！」とマンツは言った。「存じ上げております。あなたのことなら何だって存じ上げています。『ＡｒＴ』のオイゲン・マンツです」

「そうかね」とカミンスキーは応えた。

マンツは、手を引っこめることを決意した。「ここへはどうして来られたんですか？」

「私もそれが知りたいよ」

マンツは声をあげて笑い、もう一度涙をふいてから、大声で「いやしかし、本当にこんなことがあるなんて信じられないな！」と言った。グラスを手にして立っている人物がふたりいた。テレビ番組の編集者であるヴェレーナ・マンゴルトと、アロンゾ・クヴィリング当人だった。前回見かけたときにはクヴィリングは髭をはやしていたが、いまは髭はなく、髪をポニーテールにして眼鏡をかけている。

「ちょっと君たち！」とマンツは言った。「マヌエル・カミンスキーさんだ！」

「カミンスキーがどうしたって？」とクヴィリングが訊いた。

「ここにいらっしゃってるのさ」とマンツは言った。

「どなたが？」ヴェレーナ・マンゴルトがそう尋ねた。

「信じられんよ」とクヴィリングが言った。

「俺が嘘を言うもんか！」マンツは大声で言った。「カミンスキーさんだ。こちらがアロンゾ・クヴィリング、そちらは……」彼は自信なさそうにヴェレーナ・マンゴルトのほうを見た。

「マンゴルトです」と彼女は早口で言った。「あなたも画家でいらっしゃるのですか？」

ホーホガルトが近づいてきて、クヴィリングの肩に腕を回した。クヴィリングは肩をぴくっと震わせて体を引こうとしたが、相手が自分の画商であることを思い出したらしく、されるがままになっていた。「君たち、絵のほうは気に入ってくれたかな？」

「いまは絵なんてどうでもいいんだ」とマンツは言った。クヴィリングは驚いた顔をしてマンツを見た。「ここにマヌエル・カミンスキーさんがおられるんだから」

「知ってるさ」ホーホガルトはそう応えると、あたりを見回した。「誰か、ヤブロニクを見かけたか？」ホーホガルトは両手をポケットにつっこむと去っていった。

「マヌエルについての本を書いているところなんです」と僕は言った。「そのために僕たちは、言うまでもありませんが……」

「あなたの初期作品の大ファンです」とクヴィリングが言った。

「本当かね」とカミンスキーは言った。

「後期のものについては、私自身も問題を抱えているんだが」

「テイト・ギャラリーにあるガラスの作品はあなたのですか?」とマンツが訊いた。「あれには
まったく衝撃を受けたものです!」

「あれはフロイトのだ」とカミンスキーは言った。

「フロイト?」とヴェレーナ・マンゴルトが尋ねた。

「ルツィアン・フロイトだ」

「かんちがいしておりました」とマンツが言った。「お許しください!」

「腰をおろしたいんだがね」とカミンスキーは言った。

「つまりこういうことなんです」僕は全員に向かってもったいぶった口調で説明した。「いま僕
たちは一緒に旅行をしているんです。それ以上のことは申し上げられないんですが」

「今晩は」グレーの髪の男性が話しかけてきた。国内最高の画家のひとり、アウグスト・ヴァル
ラートだった。専門家からは高い評価を受けているが大きな成功を収めたことがなく、重要な雑
誌で特集を組まれるといったこともないままだった。いまや年をとりすぎており、この先に大き

な転機が訪れるとも思えなかった。あまりにも長く美術界におり、チャンスは過ぎ去ってしまっていたのだ。ヴァルラートがクヴィリングよりもすぐれた画家であることは、誰もが知っていた。彼自身も知っていたし、クヴィリングにもそれはわかっていた。それにもかかわらず、ヴァルラートはホーホガルトのギャラリーで個展を開いたことがなかった。

「こちらはマヌエル・カミンスキーさんだよ」とマンツが言った。スリムな女性が肩に手をのせ、自分の体を強く押しつけると、マンツは女に向かってほほえみかけた。

「そんなやつは、もう死んでるだろう」とヴァルラートは言った。ヴェレーナ・マンゴルトは深く息を吸いこんだ。マンツは女を振りほどいた。僕は驚愕してカミンスキーを見つめていた。

「たしかに、いますぐどこかに座れないようなら私は死者になってしまうだろうな」

カミンスキーの肘を支え、壁際に並べられた椅子のところへ連れて行った。「マヌエルの伝記を書いているんですよ!」僕は大きな声でそう言った。「だから僕たちはここにいるんです。僕たちとはつまり、マヌエルと僕ということです」

「お許しください」とヴァルラートは言った。「この誤解は、ただ単にあなたが古典的な存在であるために生じたものです。デュシャンとかブランクーシといったような」

「ブランクーシ?」ヴェレーナ・マンゴルトが尋ねた。

「マルセルは気取り屋だった」とカミンスキーが言った。「子供じみたほら吹きだった」

「インタビューさせていただけませんかね？」とマンツが尋ねた。

「いいですよ」と僕が答えた。

「論外だ」とカミンスキーは言った。

僕はマンツに軽くうなずき、手を伸ばした。ちょっとお待ちください、僕がセッティングしますから！　マンツはきょとんとして僕の顔を見ていた。

「デュシャンは重要です」とヴァルラートが言った。「まともに向き合うべき存在でしょう」

「重要かどうかなど、重要ではない」とカミンスキーは言った。「重要なのは描くことなのだ」

「デュシャンもここに来てるの？」ヴェレーナ・マンゴルトがそう訊いた。

カミンスキーは僕に支えられて、うめき声をあげながら折りたたみ式の椅子に腰をおろした。マンツは、興味深げに身をかがめて僕の肩ごしに覗きこんでいた。僕は小声で「ずいぶん彼のことをよくご存知なんですね！」と言った。

マンツはうなずいた。「死亡記事を書いたことがあるんだよ」

「何の記事ですって？」

「十年前、『アーベントナーハリヒテン』の文化欄編集部にいたときのことさ。一番よくやらされたのが、死亡記事のストックをつくる作業だったんだ。あんな時代が終わって嬉しいよ！」

カミンスキーは杖を引き寄せた。頭を力なく垂らし、顎をもぐもぐと動かしている。会場内がもう少し静かだったなら、ピチャピチャという音が響きわたっていただろう。カミンスキーの頭上には、テレビをモチーフとするクヴィリングのコラージュが掛けられていた。そのテレビからは血液が流れ出しており、スプレーで書かれた「これを見ろ！」という文字が見える。その横には、〈広告〉と題されたシリーズの三枚がある。そこではクヴィリングは、石鹸会社デモートのポスターにティントレットの人物像を切り抜いて貼りつけていた。このシリーズはしばらくのあいだ、かなりの話題を呼んでいたのだが、デモート社自らがそれらを宣伝に使うようになって以来、どのように解釈するべきか、誰にもわからなくなっていた。

ホーホガルトが僕を脇へと押しのけた。「すみません、マヌエル・カミンスキーさんでいらっしゃると聞いてまいりましたが」

僕は「最初にそう申し上げたじゃないですか！」と叫んだ。

「聞こえなかったのさ」ホーホガルトは、顔がカミンスキーと同じ高さになるように膝を曲げた。

「一緒に写真を撮らせてください！」

「ここで個展をやってもらうのもいいかもしれないわね」痩せた女がそう提案した。そのときまで女はひとことも発していなかったので、僕たちは驚いて彼女の顔を見た。

「いや、本気でお願いしたいんですよ」マンツはそう言うと、女の腰に腕を回した。「この機会を生かすべきです。特集を組ませてもらうのもいいですね。次の号にでも。明日もまだ、この街におられますか？」

「そういうのは好きじゃない」とカミンスキーは応えた。

ツァーブル教授がおぼつかない足どりで接近し、床にしゃがんでいたホーホガルトを押し倒した。「何だね？」と教授は言った。「何だね？　どうしたんだ？」酔っ払っている。髪は白く、日焼けサロンで焼いたかのような茶色の肌をし、いつものようにけばけばしい色のネクタイをしめている。

「タクシーを呼んでくれるかね」とカミンスキーが言った。

「そんな必要はありません」僕はそう言った。「もう帰りますから」全員に向かってほほえみかけ、「マヌエルはお疲れのようです」と説明した。

ホーホガルトは立ち上がり、ズボンをはたきながら言った。「マヌエル・カミンスキーさんです」

「明日、インタビューさせてもらう予定なんですよ」とマンツが言った。

ツァーブルは「光栄です」と言うと、よろめきながらカミンスキーに近づいた。「美学の教授をしております、ツァーブルです」ツァーブルは僕とカミンスキーのあいだに強引に体を押しこみ、あいていた椅子に腰をおろした。

「帰るか？」とカミンスキーに訊かれた。

トレイを手にしたウェイトレスが通りかかった。僕はグラスワインをもらって一気に飲みほしてから、さらにもうひとつグラスを手にとった。

「あなたはリヒャルト・リーミングの息子さんでいらっしゃる。そう考えてもよろしかったでしょうか?」とツァーブルが尋ねた。

「まあ、そんなふうなもんだ」とカミンスキーは言った。「お尋ねしてよければ、私の絵のうちで、どれをご存知かな?」

ツァーブルは僕たち全員の顔を見た。ひとり、またひとりと視線を移していった。喉が震えている。「いますぐには……お答えすることが……できかねますが」教授は歯をむき出してにやりと笑ってみせた。「基本的に、私の専門ではありませんので」

「もう遅い時刻になっていますから」とマンツが言った。「教授にそんな厳しい質問をなさってはいけませんよ」

「クヴィリングのご友人でいらっしゃるんですか?」とツァーブルが訊いた。

「僕の口からは、とてもそんなことは言えません」とクヴィリングは言った。「しかし、これまで僕が一貫してマヌエルの弟子と見なされてきたことは真実です」

「いずれにせよ、この場で素晴らしい出会いが実現したわけだ」とマンツが言った。

「そうじゃない」と僕は言った。「単に僕の連れとしてここに来られただけですよ!」

「カミンスキーさん」とツァーブルが言った。「来週、私のゼミでお話をしていただけませんか？」

「来週にはもうここにはおられないと思いますよ」とクヴィリングが言った。「マヌエルは大旅行をしておられる途中だそうです」

「本当かね？」とマンツが訊いた。

「今日来てくださって、本当に嬉しいですよ」とクヴィリングは言った。「お元気かどうか、みんな心配していたものですが、いまは……」クヴィリングはほんの一瞬、自作の《これを見ろ！》の濃い色の額縁に手でふれた。「巨匠のご健康をお祝いしたいと思います！」

「もうタクシーは呼んであるのかね？」とカミンスキーに訊かれた。

「いますぐ帰りますから」と僕は応えた。またトレイを手にした女性が通りかかったので、新しいグラスを手にとった。

「明日の午前十時でよろしいですか？」とマンツが尋ねた。

カミンスキーは「何の話だ？」と問い返した。

「インタビューですよ」

「論外だな」

僕は「何とかしますから」と言った。ツァーブルは立ち上がろうとしたが、何もつかまるものがなく、またどすんと椅子の上に腰を落とした。とつぜんホーホガルトがカメラを出し、シャッターを押した。フラッシュが僕たちの影を壁に投げかけた。

「来週、お電話させていただいてもよろしいですか?」マンツに小声で訊いてみた。彼がこの夜のことを忘れてしまう前に、何とかしなければならない。

「来週はまずいな」マンツは目を細めた。「その次の週にしてもらえるかね」

「承知しました」と僕は答えた。部屋の反対側の、ネオン管に新聞の切り抜きを貼りつけたクヴィリングの三点の作品の下に、ヴァルラートとヴェレーナ・マンゴルトが立っているのが見える。マンゴルトは早口でしゃべり、ヴァルラートは悲しげな表情でグラスのなかを覗きこんでいる。

僕はカミンスキーの肘を支え、立ち上がるのを助けた。すぐにクヴィリングが反対側の肘をつかんだ。ふたりで老画家をドアのところまで連れて行った。

「もう大丈夫ですので」と僕は告げた。「お戻りください」

「いや、いいんですよ」とクヴィリングは言った。「いいんですよ」

マンツに軽く肩を叩かれた。僕は少しのあいだ、カミンスキーから離れた。「やっぱり今度の週末あたりに電話をもらえるかな。金曜がいい。秘書に電話してくれたまえ」

「金曜ですね」と僕は応えた。「ぜひ連絡させていただきます」マンツはうつろな表情でうなずいた。スリムな女性が、マンツの肩に頭をもたせかけている。振り返ると、ホーホガルトがクヴィリングとカミンスキーを写真に撮ろうとしていた。誰も言葉を発していない。急いでカミンスキーの反対側の腕をつかんだが、遅かった。ホーホガルトはすでに撮り終えていた。また三人で歩きはじめた。床が平らでないような気がする。かすかな振動が空気中に漂っている。飲みすぎていた。

階段をおりた。一歩ごとに「階段です。ご注意ください！」と言った。カミンスキーの薄い毛髪が目に入った。老人の右手は杖をしっかりと握っている。下の通りに出た。もう雨はやんでいる。水たまりに映った街灯がとろけている。

「ありがとうございます！」と僕は言った。「あそこに車を停めていますので」

「僕の車のほうが近いですね」とクヴィリングは言った。「僕がお送りしましょうか。うちのゲストハウスに泊まっていただいてもいいですし」

「会場に戻らなくていいんですか？」

「僕がいなくたってみんな楽しくやるでしょう」

「でもあなたの個展ですよね」

「こっちのほうが重要ですから」

「もうけっこうですよ！」

「僕の車に乗っていただいたほうが簡単でしょう」

僕はカミンスキーから手を放し、ふたりの反対側に回ってクヴィリングの耳に囁いた。

「この人のことは放っておけ、とっととなかに戻るんだ!」

「いまのは、この僕に対する命令なのかね?」

「僕は批評を書く立場にあって、あなたは個展を開いている。あなたと僕は同じくらいの年齢だ。これからも個展を開くたびに、僕はやって来るだろう」

「何を言っているのか、よくわからないが」

僕は元の位置に戻ってカミンスキーの腕をとった。

「しかし、もしかすると僕は本当に会場に戻るべきかもしれない」

「もしかするとね」と僕は言った。

「少なくとも、あれは僕の個展だし」

「まさにそうです」

「光栄です」とクヴィリングは言った。「来ていただいて光栄です、マヌエル」

「君は誰だね?」とカミンスキーは尋ねた。

「かけがえのない方だ!」とクヴィリングは叫んだ。「さよなら、ゼバスティアン!」

「さよなら、アロンゾ!」数秒間、僕たちは憎しみをこめた目で見つめ合っていたが、そのあとクヴィリングはくるりと向きを変え、階段を上がっていった。僕はカミンスキーを、道路の反対側に停めておいたエルケの車まで連れて行った。大型のメルセデスで、内装も豪華でスピードも出る。盗まれたＢＭＷに劣らないほど素晴らしい車だった。ときどき僕は、この世の自分以外のすべての人間が大金を稼いでいるように感じることがあった。

精神を集中しなければ、車をまっすぐ走らせることができなかった。少し酔っ払ってしまっている。窓をあけた。冷たい風が心地よかった。戻ったらすぐに寝ることにしよう。明日は頭をすっきりさせていなければならない。この夜のことは成功だったと考えていいだろう。僕がカミンスキーと一緒にいるところを連中に見せられたし、すべてがうまくいった。それにもかかわらず、とつぜん悲しみに襲われた。

「君がなぜこんなことをしたか、わかってるぞ」とカミンスキーが言った。「君のことを過小評価していたかもしれんな」

「何の話ですか？」

「私が忘却された存在であるということを見せたかったんだろう」

カミンスキーが何を言いたいのか、少し時間をかけて考えなければわからなかった。カミンスキーは頭をうしろに傾け、大きく息を吐いた。「誰も私の絵を知らなかったじゃないか」

「そんなことは何の意味もありません」

「そんなことは何の意味もありません？」カミンスキーは僕の言葉を繰り返した。「君は私の生涯について本を書くつもりなんだろう。あんなことがあれば、その気も失せるんじゃないかね?」

「まったくそんなことはありません」僕は嘘をついた。「最高の本になりますよ、あらゆる人々が読みたいと思うでしょう。そもそもご自身でも予告しておられたじゃないですか。つまり、人は最初は無名であって、次に有名になり、そのあとまた忘れ去られるって」

「私がそんなことを言ったというのか?」

「その通りです。それにドミニク・シルヴァも言ってました……」

「そんなやつは知らんよ」

「ドミニクですよ!」

「会ったこともない」

「まさかあなたがおっしゃりたいのは……」

カミンスキーは鋭く息を吐き出し、眼鏡をはずした。目を閉じている。「私が、ある男に会ったことがないと言う場合には、本当に会っていないのだ。そんなやつは知らん。私の言うことを信じたまえ!」

僕は言葉を返さなかった。

「私の言うことを信じるか?」と彼は訊いた。とても重要なことのようだった。

小声で「はい」と答えた。「もちろんですよ」そして僕はとつぜん、そのことを信じられるようになっていた。彼の言うことをすべて信じようと思った。この先どうなろうが知ったことではない。そればかりか、いつその本が出せるかもどうでもいいことに思えた。ただ眠りたかった。

そして、カミンスキーがずっと生きていてほしいと思った。

第11章

通りを歩いていた。カミンスキーは一緒ではないが、近くにいる。急がないといけない。向こうからやって来る人の数が徐々に増えていく。つまずいて地面に倒れた。立とうとしたが立てない。体が重くなっていた。重力が僕をとらえて動けなくしている。人々の足が触れ、手を靴で踏まれたが、痛くはない。力をふりしぼり、迫ってくる地面を遠ざけようとした。そのとき目がさめた。朝の五時五分だ。箪笥と机、暗い窓、横にあるエルケの無人のベッドの輪郭が見える。布団をめくって体を起こした。裸足の裏に絨毯を感じた。箪笥のなかから何かを引っかく音が聞こえてくる。あけてみると、カミンスキーがうずくまっていた。顎を膝にのせ、腕で両足を抱え、澄んだ瞳で僕を見ている。彼は何か話そうとしたが、最初の言葉が出たときに部屋が崩壊した。自分の上の布団の重さを感じた。口のなかに苦い味がする。痺れたような感じがあり、頭が痛い。箪笥、机、窓、無人のベッド。五時十分だ。咳払いをすると、聞いたこともないような音が口から出た。立ち上がった。足の裏に絨毯を感じ、寒さで震えながら鏡に映ったパジャマの格子柄を見ていた。ドアのところまで行き、鍵を回し、ドアをあけた。「君が問い合わせなんてしないことはわかっていたよ！」とマンツが言った。「あなた、もう知ってるの？」そのうしろからヤーナが入ってきた。僕が何を知っているというのだろう？　「何てことだ、馬鹿なことはするな！」とマンツが言葉を続けた。ヤーナは落ち着いた様子で髪のひと房を人差し指に巻きつけている。「浪費だ」とマンツが嬉しそうに言った。「何もかもが無意味であり、浪費なんだ」マンツはハンカチをとり出すと大げさな動作で僕に手を振り、大きな声で笑った。その声で目がさめた。窓、箪笥、机、そして無人のベッドに乱れた布団。枕は床の上に落ちている。喉が痛い。立ち上がった。両足の裏に絨毯を感じたとき、自分がベッドの脚を手探りしているという、とうてい現実とは思えない感覚に襲われたが、握ろうとすると、その脚はすばやく逃げてしまうのだった。今度は、それが夢であることがわかった。窓のところに行き、ブラインドを上げた。太陽が輝き、人々が公園のなかを歩いており、多くの車が走りすぎ、時刻は十時少し過ぎで、夢ではなかった。廊下に出た。コーヒーの香りがする。台所から話し声が聞こえてくる。

「ツェルナー、君か？」カミンスキーはサングラスをかけ、ナイトガウンに身を包んで台所のテーブルのところにいた。彼の前にはオレンジジュース、ミュースリ、果物の入ったボウル、ジャム、焼きたてのパンが入ったかご、そして湯気の立っているコーヒーのカップが置かれている。向かいにはエルケが座っていた。

「帰ってたの？」僕は気の抜けた声で尋ねた。

返事はなかった。エレガントなデザインのスーツを着ている。ヘアスタイルも変わっていた。全体的に短くなって耳が出ており、首のあたりには軽くパーマがかかっている。素敵だった。

「ひどい夢だった！」とカミンスキーが言った。「狭い空間で空気も乏しい。閉じこめられていた。棺のなかだろうかと思ったんだが、洋服が上にかかっていたから、箪笥のなかにいるだけだとわかった。そのあと、ボートに乗っていた。絵を描こうとしたけれども紙がない。毎晩、この私が絵を描く夢を見ているなんて想像できるかね？」

エルケは体を傾けて老人の腕をさすっていた。カミンスキーの顔には子供のようなほほえみが浮かんでいる。エルケはちらりと僕のほうを見た。

「もうすっかり仲よくなってるみたいじゃない！」と僕は言った。

「君も夢に出てきたぞ、ツェルナー。細かくは覚えておらんがな」

エルケはカミンスキーのカップにコーヒーを注いでやった。僕は椅子を引いて腰をおろした。

「帰ってたなんて、ぜんぜん知らなかったよ」僕は彼女の肩に触れた。「旅行はどうだった？」

エルケは立ち上がって台所から出て行った。

「まずい状況のようだな」とカミンスキーが言った。

「ちょっと待っていてください」僕はエルケのあとを追った。

廊下で追いつき、一緒に居間に入った。

「あなたには、ここに入る権利なんてないのよ！」

「どうしようもなかったんだよ。君は留守だったし……それに、僕がマヌエル・カミンスキーを連れて行くと、喜んでくれる人が多いもんだから！」

「だったら、そういう人のところへ連れて行けばよかったじゃない」

「エルケ」僕は彼女の肩に触れ、体を寄せた。エルケは別人のようだった。すごく若くなったようにも見えた。何かが彼女に起こったのだ。エルケは力のこもらないまなざしを僕に向けた。乱れた髪の房が額に垂れ、その先は口もとに触れている。僕は小声で「勘弁してくれないかな！」と言った。「君と僕、ゼバスティアンの仲じゃないか」

「私を誘惑しようとしてるんだったら、まず髭を剃りなさい。パジャマなんて着てるのも最低よ。それからいま、ルーベンスが隣の部屋にいて、あなたに昔の恋人のところまで連れて行ってもらおうとしてるわけだけど、それもやめたほうがいいかもしれないわね」

「なんで知ってるの？」

エルケは僕の腕をふりはらった。「あの人から聞いたのよ」

「そんな話はするはずないよ！」

「あなたとは話さないかもしれないわね。私の印象では、あの人はそれ以外の話なんてしない。

あなたは気づいてないと思うけど、あの人はすごく興奮してるのよ」エルケは僕の顔をまじまじと見た。「そもそも、どうしてこんなことを考えたの?」

「だってそのおかげで彼とふたりきりになれたんだよ。そうでなくても、本の冒頭に書けるような魅力的な場面が必要だと思っていたし。あるいは最後に置いたっていいんだけど、それはまたあとで考えるよ。とにかく、あのころ本当は何が起こったかがわかるわけじゃない」エルケと話していて心地よく感じたのは、これがはじめてのことだった。「こんな面倒なことになるとは思わなかったよ。全員の話がくいちがっていて、たいていのことは忘れられている。しかも、すべてのエピソードが矛盾している。こんな状態で、どうすれば真実を見つけられると思う?」

「真実なんて見つけないほうがいいのかもしれないわ」

「何ひとつ一致しないんだ。カミンスキーは、話に聞いていたのとはまったく別の人間だった」

「それは年をとっているからよ、バスティアン」

僕はこめかみをこすった。「このあいだ君は、僕にはひょっとするとまだチャンスがあるかもしれないって言ったよね。あれはどういう意味だったの?」

「あの人に訊けばいいじゃない」

「なんであの爺さんに? すっかり頭がぼけてるんだよ」

「そう思いたいなら思えばいいわ」エルケは顔をそむけた。

「エルケ、本当にもうこれで終わりなの？」

「そうよ、終わりよ。別に悲劇的なことじゃないし、悪いことでもない。本当に悲しいっていうことですらない。ごめんね、もっとましな言葉遣いができなくて。こんなふうに言わないと、あなたはここから出て行ってくれないでしょう」

「最終宣告っていうこと？」

「最終宣告だったら、もう前の電話のときにしたじゃない。いまの会話は、単なるつけ足しみたいなものよ。タクシーを呼んで駅へ行ってちょうだい。私は三十分後に戻ってくる。そのとき、このアパートに誰もいないことを期待してるから」

「エルケ……」

「そうじゃなきゃ、警察に電話させてもらうことになるわ」

「それでヴァルターは？」

「それでヴァルターは」エルケはそう言うと部屋から出て行った。カミンスキーと何か話しているのが聞こえた。続いて玄関のドアが閉まる音がした。僕は目をこすって居間のテーブルのところへ行き、エルケの煙草の箱を手にとると、泣きまねをするべきかどうか考えた。煙草の一本に火をつけて灰皿のなかに置き、灰になっていく様子を眺めた。そのあとは気分がよくなった。

　台所に戻った。カミンスキーは鉛筆とメモ用紙を手にしていた。肩にくっつくほど頭を傾け、口をあけている。夢を見ているか、誰かの話を聞いているかのようだった。数秒が経過してから、はじめて彼が何かを描いていることに気がついた。手がゆっくりと紙の上を滑っている。人差し指、薬指、そして小指は伸ばしていて、親指と中指だけで鉛筆を握っている。手は中断することなく螺旋形を描いていた。ときおり、おそらくは偶然の箇所において小さな波が生じている。

「そろそろ出発かね?」と尋ねられた。

僕はすぐ横に座った。老人が指を曲げると、紙のまんなかに黒い点が生じた。カミンスキーは手の関節を動かしてすばやく何本か線を加え、そのあとメモ用紙を脇へ置いた。もう一度見ると、点は石に、螺旋は静かな水面を叩いたときの波紋に変わった。泡が飛び散っており、水面に映った一本の木の像すら見えた。

「みごとですね」と僕は言った。

「こんなものは君だって描ける」カミンスキーはその紙を引きちぎってポケットに入れ、残りのメモ用紙と鉛筆を僕に渡した。その手が僕の手に重ねられた。「想像してみたまえ。何か、ごく単純なものを」

子供が絵に描くような家を思い浮かべた。窓がふたつ、屋根と煙突、それにドアがひとつ。カミンスキーと僕の手が動く。彼の顔を見た。鼻は尖り、眉毛はつり上がっている。呼吸のたびにヒューヒューという音が聞こえる。また紙に目を移した。すでに屋根が描かれていて、雪が積もっているのか蔦がからまっているのか、縞状の線が引かれている。窓の鎧戸はあいており、三本の線で表現された小さなひとりの人物が、肘をついて外を見ている。そしてドア。もし署名をさせることができれば、これは立派なひとつの作品となり、高く売れるだろう。そんな考えが浮かんでいた。ドアは傾いてしまった。車一台ぐらいは買えるのではないか。ふたつめの壁と屋根のあいだにはまだ隙間があったが、鉛筆は下の端のところまで下降していた。もううまく描けなくなっていた。カミンスキーは手を離した。「どうだった?」

「うまくいきました」僕は落胆していた。

「出発するのかね?」

「もちろんです」

「また列車に乗るのか?」

「列車ですか?」僕は考えた。車のキーは、まだズボンのポケットに入っているはずだ。車は僕が停めた場所にある。エルケはあと一時間は帰ってこない。「いいえ、今日はちがいますよ」

第12章

今度はアウトバーンで行くことに決めた。料金所の男に、僕のクレジットカードは無効だと言われた。あんたは立派な職についているくせにいい加減な仕事をやってるんだな、と言ってやったところ、金を払うかとっとと消えるかどっちかにしろという言葉が返ってきた。最後に残っていた現金を渡した。スピードを上げると、エンジンのパワーが僕の体をやわらかく座席に押しつけた。カミンスキーは眼鏡をとると、また唾を吐いた。そのすぐあと、老人は眠りこんだ。

同じリズムで胸が上がったり下がったりしている。口は開いたままで、無精髭がはえているのがはっきりとわかる。彼も僕も二日前から髭を剃っていないのだ。いびきが聞こえてくる。ラジオをつけた。ジャズピアニストが次第にテンポを上げながら即興演奏をしている。カミンスキーのいびきが大きくなり、ボリュームを上げた。いま眠ってくれているのはいいことだ。今日の午後にはホテルに行く必要がなくなり、すぐに戻って来れるだろう。エルケに車を返し、彼女の気持ちが変わることがないのなら、トランクを受けとって電車でカミンスキーを自宅に送り届けよう。必要なものはすべて揃った。あとはクライマックスとなる場面、すなわち友人であり伝記作者である人物の立会いのもとでのテレーゼとの再会劇があればよい。

ラジオを消した。センターラインがこちらに向かって流れてくる。トラックを二台、右側に見ながら追い越した。このすべてはカミンスキーの物語なのだ、と考えた。彼が体験しているのであり、それは終わりに近づいていて、僕はその小さな一部分すら形成していない。まるで僕の考えていることが読みとられたかのように、一瞬いびきが止まった。これは彼の人生なのだ。では、僕の人生はどんなものだろう？　カミンスキーには物語がある。僕には物語があるのか？　メルセデスが一台、のろのろと走っていたため、路肩を走ってよけるしかなかった。クラクションを鳴らして左にハンドルを切り、その車に急ブレーキをかけさせた。

「でも、どこかに行かなければならない」

いまの言葉は、僕の口からもれたものだろうか？　首を振った。しかしそれは正しいことだ。僕はどこかに行かなければならないし、何かをなさなければならない。それが問題なのだ。煙草をもみ消した。いつだってそれが問題だった。風景が変わっている。もう丘陵はなくなり、村や道も消え失せていた。まるで過去に向かってタイムトラベルをしているような気がした。アウトバーンから離れ、しばらく森のなかを走った。たくさんの木の幹、それに枝のからみ合った影が飛び去っていった。そのあとは、ひたすら牧草地が続いた。

最後に海を見たのはいつだろう？　これから起こることを自分がまったく楽しみにしていないことに気づき、愕然とした。アクセルを踏みこむと、誰かがクラクションを鳴らした。カミンスキーは驚いて目をさましたが、フランス語で何かつぶやき、また眠りこんだ。口もとから唾液が糸となって垂れている。赤い煉瓦の家並みが姿を現し、もう地名を表示する標識が見えた。背筋をぴんと伸ばした女性が道を横切っていた。車を停め、ウィンドウをおろして道を尋ねた。女性は、首を振る動作によって方向を示した。カミンスキーは目をさまし、咳の発作に襲われて口をパクパクさせながらあえぎ、口もとをぬぐってから穏やかな口調で「もう着いたのか？」と訊いた。

村がもうここで終わるという地点まで行った。番地が順番どおりに並んでいないようだ。その家が見つかるまで、通りを二度、端から端まで走らなければならなかった。車を停めた。

降りてみると風が強く、肌寒かった。そして、もし単なる思いこみでなかったなら、潮の香りがした。

「ここは、私が過去に来たことのある場所か？」とカミンスキーが訊いた。

「たぶん、それはないでしょう」

老人は杖を地面につき、立ち上がろうとしてうめき声を発した。車の反対側に回りこんで助けてやった。そんな様子のカミンスキーは見たことがなかった。口もとを歪め、額に皺を寄せ、驚いているような、不安ですらあるような表情を浮かべている。ひざまずいて靴の紐を結んでやった。カミンスキーは唇を舐めて眼鏡をとり出し、大げさな動作でかけた。

「あのころ、自分が死んでしまうと思ったものだった」

僕は驚いて彼を見た。

「死んだほうがましだったんだろう。それ以外は、何をやろうとも過ちだった。私は続けた。まだ何かが残っているかのように、死んでなどいないかのように振舞った。彼女が書いた通りにな。彼女はますます賢くなっていた」

バッグをあけ、手を突っ込んでレコーダーをさがした。

「ある朝、あの手紙があった。それだけだった」

親指で録音スイッチをさぐり、ボタンを押した。

「アパートは空になっていた。君はそんな場面に遭遇したことはあるまい」

レコーダーをバッグに入れたままでも録音はできるだろうか？

「どうして僕にはそんな経験がないとお考えになるのですか？」

「人は、その人なりの人生を送っていると思っている。そしてとつぜん、何もかもが失われる。芸術など何の意味ももたない。すべては幻影だ。それに気づいていながら、続けていかなければならない」

「入りましょう」

周囲と特に変わったところのない家だった。三階建てで屋根が尖っていて、窓には鎧戸がつけられており、小さな前庭がある。空全体が半透明の雲に覆われ、太陽がどこにあるのかわからなかった。カミンスキーはつらそうに息をしている。心配になって彼の様子をうかがった。ブザーを鳴らした。

待った。カミンスキーは顎を動かし、杖の握りの部分をしきりにこすっている。ところで、誰もいなかった場合にはどうすればいいのだろう？　そんな事態はまったく想定していなかった。もう一度、ブザーを鳴らした。

さらにもう一度、鳴らした。

太り気味の老人がドアをあけた。白い毛髪がふさふさとはえ、こぶのような丸い鼻をしている。薄いカーディガンを羽織っていた。横を見たが、カミンスキーは何も言わなかった。上半身を曲げて杖に体重を預け、頭を垂らして何かに耳を傾けているように見えた。

「ひょっとすると番地をまちがえているかもしれないのですが」と僕は言った。「こちらはレッシングさんのお宅でしょうか？」

恰幅のいい男性は答えなかった。額に皺を寄せて僕を見て、カミンスキーに目をやり、また僕のほうを見た。何か説明の言葉を求めているかのようだった。

「こちらではありませんか？」と僕は訊いた。

「私たちが来ることは知っておられるはずだが」とカミンスキーは言った。

「いや、必ずしもそうではないのですが」と僕は言った。

カミンスキーはゆっくりと体を僕のほうに向けた。

「電話でお話しさせていただきました」と僕は言葉を続けた。「しかし、完全に理解していただけたかどうかについては自信がありません。つまり……基本的には合意していただいたはずなんですが……」

「私を車のところまで連れて戻りたまえ」

「まさか、ご冗談でしょう！」

「車まで連れて戻るのだ」そんな声は聞いたことがなかった。僕は口をあけ、また閉じた。

「どうぞ、なかへお入りください！」と太った老人は言った。「テスヒェンのお友だちなんですね？」

「そんなところです」と僕は答えた。テスヒェンだと？

「私はホルムです。テスヒェンとは……一緒に暮らしてるんですよ。晩年を共にしているわけです」男は笑った。「テスヒェンはなかにいます」

カミンスキーは僕の腕につかまり、内心の動揺を隠そうとしているように見えた。ゆっくりと彼をドアの方向へ導いた。一歩進むごとに杖が地面にぶつかり、鋭い音を立てた。

「そのまままっすぐ！」とホルムが言った。「どうぞお脱ぎになってください！」

僕は困惑した。何も脱ぐものなどなかったからだ。狭い廊下では、あざやかな色のカーペットの上に「ウェルカム！」という文字の入ったマットレスが敷かれていた。三つのフックに半ダースものカーディガンが掛けられ、床には靴がずらりと並べられている。いたずらっぽい目をしたウサギが花壇の上で跳ねている、日の出の風景を描いた油絵が掛けられていた。レコーダーをとり出し、目につかないようにジャケットのポケットに入れた。

「どうぞこちらへ！」ホルムはそう言うと、先に居間へ入っていった。「テスヒェン、誰が来たか当ててごらん！」彼は僕たちのほうを振り返った。「すみません、お名前をもう一度お聞かせ願えますか？」

僕はカミンスキーが名乗るのを待ったが、何も言葉は発せられなかった。「こちらはマヌエル・カミンスキーさんです」

「昔から君のことをご存知らしいよ」とホルムは言った。「覚えてるかい？」

大きな窓のある明るい部屋だった。花柄のカーテン、縞模様のカーペットに丸いテーブル、食器棚がひとつ、そのガラス戸の向こうでは磁器の皿が積み重ねられている。ソファーの前にはテレビと肘掛椅子と低いテーブルが置かれ、壁には電話がとりつけられており、その横に年をとった夫婦の写真と、ボッティチェリの《ヴィーナスの生誕》の複製画が掛かっている。肘掛椅子には老女が座っていた。顔は丸く、皺だらけだ。髪の毛全体がひとつの白い球体をなしているように見える。ピンクのウールのジャケットを着て、胸のところに花を一輪挿し、チェックのスカートに毛長ビロードのスリッパを履いている。テレーゼはテレビを消し、不思議そうに僕たちを見た。

「テスヒェンは耳があまりよく聞こえないんですよ」とホルムが言った。「お友だちだよ！　昔の！　カミンスキーさんだ！　覚えてるかい？」

老女はほほえみをたやさずに天井を見ていた。「もちろんよ」うなずいたとき、髪の毛が大きく揺れた。「ブルーノの会社の方でしょう」

「カミンスキーさんだよ！」ホルムは叫んだ。

カミンスキーは、痛みを覚えるほど強く僕の腕をつかんだ。

「何てことなの」と彼女は言った。「あなたなの？」

「そうだよ」と老人は答えた。

数秒間の沈黙があった。小さくて、木でできているように見える手がリモコンをさすっている。

「それで、僕はゼバスティアン・ツェルナーです。電話でお話しさせていただきましたよね。遅かれ早かれ、僕たちが……」

「クーヘンはいかが？」

「何ですって？」

「まずコーヒーを淹れないとね。座ってよ！」

「どうもありがとうございます」と僕は言った。カミンスキーを肘掛椅子のひとつに座らせようとしたが、動こうとしなかった。

「あなた、有名になったって聞いたわ」

「君はそれを予言してたじゃないか」

「私が何をしたって？　あらあら、座ってよ。あれからずいぶんたつわね」老女は曲げたままの指で、あいている椅子のほうを示した。もう一度座らせようとしたが、やはりカミンスキーは動こうとしなかった。

「いつごろのお知り合いですか？」とホルムが尋ねた。「かなり昔にちがいありませんね、テスヒェンからあなたのお話は聞いたことがないから。この人はすごく経験豊富なんですよ」テレーゼはくすくすと笑った。「いやじっさい、本当にそうじゃないか、顔を赤くしなくったっていいだろう！　二度結婚して子供が四人、孫は七人もいるんだから。たいしたもんでしょう？」

「ええ」と僕は言った。「たいしたもんですね」

「そこに立っていられると、こっちが落ち着かないのよ」と彼女は言った。「ずっと立ってるのも楽じゃないでしょう。あまり調子もよさそうじゃないわね。ミゲル、お座りなさいよ」

「マヌエルだ！」

「わかってるわ。お座りなさい」

僕は力をふりしぼってカミンスキーをソファーのほうに押した。老人はよろよろと進み、背もたれに手を伸ばして腰を落とした。僕も隣に座った。

「最初にいくつかお尋ねしてもよろしいでしょうか」と僕は言った。「基本的なことをうかがいたいんですが……」

電話が鳴った。テレーゼは受話器をとると、「駄目よ！」と叫んで元に戻した。

「近所の子供たちなんですよ」とホルムが言った。「つくり声で電話してきて、私たちがそれに気づかないと思ってるらしくってね。しかし、いまは門前払いを食らわせてやったわけです！」

「門前払いをね」テレーゼはそう言うと、けたたましい笑い声をあげた。ホルムは部屋から出て行った。僕はじっと待った。ふたりのうち、どちらが先に口を開くのだろう？　カミンスキーは前かがみの姿勢で座っており、テレーゼはほほえみを浮かべて上着の折り返しをいじっている。一度彼女は、何か面白いことでも頭に浮かんだかのようにうなずいた。ホルムが皿とフォークと平べったい茶色のクーヘンが載ったトレイを手にして戻ってきた。ホルムはクーヘンを切りわけると、ひときれを僕にくれた。乾ききっていて噛みくだくのが難しく、のみこむことは不可能に近かった。
「それで」僕は咳払いをした。「あのときこの方のもとを去ってから、あなたは何をなさってお
られたんですか？」
「私が去った？」とテレーゼは訊いた。
「君は去った」とカミンスキーが言った。
彼女は空虚なほほえみを浮かべていた。
「あなたはとつぜん消えてしまわれたのですよね」
「実にテスヒェンらしい行動だね」とホルムが言った。
「列車に乗ったわ」彼女はゆっくりと語りはじめた。「北のほうへ行った。秘書として働いたの。
ひとりぼっちだった。上司はゾムバッハっていう名前で、口述筆記のときに、しゃべるのが速す
ぎて苦労したわ。彼の書いた文章の綴りも直させられた。そのあとウーヴェと知り合った。二か
月後には結婚したわ」テレーゼは自分の節くれだった手を眺めていた。手の甲では、血管のから
み合いが浮き上がって見える。一瞬、顔からほほえみが消えて目つきが鋭くなった。「まだ、あ
の最低の作曲家に興味があるの？」カミンスキーを見たが、やはりテレーゼが誰の話をしている
のかわからない様子だった。彼女の表情はおだやかになり、ほほえみが戻った。「コーヒーのこ
とを忘れてるんじゃないかしら」

「しまった！」とホルムは言った。

「どうぞおかまいなく」僕はそう応えた。

「じゃあ、もう淹れなくてもいいかな」ホルムはそう言って、席から動かなかった。

「子供がふたりできたわ。マリーアとハインリヒ。あなた、このふたりはご存知よね」

「どうして知っているはずがある？」とカミンスキーが訊いた。

「ウーヴェは自動車事故に遭ったわ。どこかの酔っ払いが車をぶつけて来たのよ。即死だった。だから苦しむことはなかったわ」

「苦しんだかどうかは重要な問題だ」カミンスキーが小さな声で言った。

「そうよ、もっとも重要な問題だわ。事故のことを聞かされたとき、私も死んじゃうかと思ったわ」

「この人はこんなものの言い方をするんだよ」とホルムが言った。「でも打たれ強いんだ」

「二年たってから、ブルーノと結婚したの。エーファとローレが生まれた。ローレはすぐ近くに住んでるのよ。一本向こうの通りにね。前の道をまっすぐ行って、三つ目の角を左に曲がって、もう一度左折すれば着けるのよ」

「どこに着けるんですか？」と僕は尋ねた。

「ローレの家じゃない」数秒間、沈黙があった。僕たちは困惑した表情でおたがいの顔を見ていた。「あなたたち、行ってみたいんでしょう！」電話が鳴り、テレーゼは受話器をとって「駄目よ！」と叫び、元の位置に戻した。カミンスキーは両手を組み合わせ、杖が床に倒れた。

「どんなお仕事をなさっていたんですか？」とホルムが尋ねた。

「この人は芸術家よ」とテレーゼが答えた。

「そうでしたか！」ホルムは眉をつり上げてみせた。

「有名人なんだから。あなた、新聞はスポーツ欄以外のところも読まなきゃ駄目よ。すばらしい芸術家だったわ」

「昔のことだがね」とカミンスキーは応えた。

「あの鏡だけど」とテレーゼは言った。「すごく不気味だったわ。はじめてあなたがあんなふうな絵を仕上げたとき……」

「腹が立つのは」ホルムが口を開いた。「何が描いてあるのかさっぱりわからない絵ですよね。まさかあなたは、あんなのをお描きになってるわけじゃありませんよね？」僕が反対意見を口にする前に、ホルムは皿の上にもうひときれ、クーヘンを置いた。それは皿から落ちそうになり、小さなくずが僕の膝の上に降った。私自身はですね、とホルムは言った。小さな工場なんですけれども、ハーブを使った製品をつくっていました。シャワージェルとかお茶とか、筋肉痛をやわらげるクリームといったようなものです。現在では、そんな製品はそもそもほとんど存在すらしていません。人は現実を受け入れるしかありません、ものごとの本質において一種の衰退が起こっているのですから。「ものごとの本質においてです！」とホルムは大声で言った。「本当にコーヒーはいらないんですか？」

「いつも君のことを考えていたよ」とカミンスキーは言った。

「それはずっと昔のことでしょう」とテレーゼは応えた。

「ずっと自分に問いかけてきたんだが……」カミンスキーは途中で黙ってしまった。

「何を？」

「いや、何でもない。君の言う通りだ。ずっと昔のことだよ」

「何のことですか？」とホルムが尋ねた。「教えてくれたっていいでしょう！」

「手紙のことは覚えてるかね？」

「いったい、目はどうしちゃったのよ？」と彼女は訊いた。「だってあなた、芸術家でしょう。困ってるんじゃないの？」

「あの手紙のことは覚えてるのかね！」

僕は身をかがめて杖を手にとり、カミンスキーの手に押し当てた。

「何の話をしてるの？　あのころ私はまだ若かったのよ」

「それで？」

テレーゼは何かを考えこんでいるような表情を浮かべた。「わからないわ」

「君がわからないことなんて、ほとんどなかったはずだが」

「私もそれを言いたいんですよ」とホルムが言った。「私がテスヒェンに訊くたびに……」

「黙っていてください！」と僕は言った。ホルムは息を深く吸いこみ、僕の顔を見つめた。

「ちがうわ、マヌエル。本当に覚えてないのよ」テレーゼは口の両はしを引き上げ、額に寄せられていた皺が消えた。指を伸ばしたまま、手のなかでリモコンを回している。

「いちばん傑作な話をお教えしましょうか」とホルムが言った。「テスヒェンの七十五歳の誕生日のことです。全員が集まっていました。子供や孫の全員が、ついに顔を揃えたわけです。誰ひとり欠けてはいませんでした。そして全員で『フォー・シーズ・ア・ジョリー・グッド・フェロー』を歌ったとき、まさにその瞬間に大きなケーキの前で……」

「七十五本の蝋燭があったのよ」とテレーゼは言った。

「そんなにはなかったよ、立てる場所がなかったから。この人が何を言ったか、わかりますか?」

「七十五本あったわよ！」

「そろそろ帰らないと」とカミンスキーが言った。

「テスヒェンが何と言ったか、わかりますか?」玄関のブザーが鳴った。「誰だろうな?」ホルムが立ち上がって廊下に出ていった。外で、彼が誰かと興奮した口調で話している声が聞こえた。

「どうしてこれまで来てくれなかったの?」とテレーゼは訊いた。

「ドミニクが、君は死んだと言ったからさ」

「ドミニクですって?」と僕は尋ねた。「ドミニクなんて知らないっておっしゃったじゃないですか」老人は額に皺を寄せ、テレーゼは驚いた表情で僕を見ている。ふたりとも、僕が誰なのか忘れてしまったようだった。

「そんなことを言ったの?」と彼女は訊いた。「どうして?」

カミンスキーは答えなかった。

「私は若かったわ。若いとおかしなことをしてしまうものよ。私はいまとは別の誰かだった」

「たぶん、そうだったんだろう」

「あなたの外見もぜんぜんちがってた。もっと背が高かったし……はるかに力強い感じだった。すごくエネルギーを感じたわ。あなたのそばにいると眩暈がしたものよ」テレーゼはため息をついた。「若いというのは病気みたいなものね」

「理性の熱病なのさ」

「ラ・ロシュフーコーね」彼女はかすかに笑った。一瞬、カミンスキーはほほえみを浮かべた。前かがみになり、フランス語で何かを言った。

テレーゼはほほえんだ。「ちがうわ、マヌエル。私は何もしていない。結局、すべてはあのあとはじまったんだから」

数秒間、ふたりは黙っていた。

「それで、君は何て言ったんだね」カミンスキーはしわがれ声で訊いた。「誕生日に?」

「見当もつかないわ!」

ホルムが戻った。「なかに入りたくないんだって。外で待ってるってさ。みなさん、そろそろコーヒーをお飲みになりますか?」

「すっかり遅くなってしまって」とカミンスキーは言った。

「長くお邪魔しすぎましたね」と僕も言った。

「しかし、たったいまいらっしゃったばかりじゃないですか!」

「一緒にテレビを見たっていいじゃないの」とテレーゼが言った。「もうすぐ『ミリオーネンシュピール』(訳注:一九七〇年に制作されたテレビ映画)がはじまるし」

「ケーラーはいい司会者ですよね!」とホルムが言った。

「結婚するってどこかで読んだわ」

カミンスキーが前かがみになって手を差し出したので、立ち上がるのを助けてやった。まだ何か言いたそうな様子だった。待ったが、言葉が発せられることはなかった。僕の腕をつかむ力は弱く、ほとんど感じとれないほどだった。すっかり忘れてしまっていたのだが、ポケットのなかに、まだ動いているレコーダーがあるのを感じた。スイッチを切った。

「このあたりにはよくいらっしゃいますか?」とホルムに訊かれた。「ぜひまた来てくださいよ。君もそう思うだろう、テスヒェン?」

「ローレを紹介するわ。あの子の子供たち、モーリッツとローターもね。みんな、一本向こうの通りに住んでるから」

「それは楽しみだ」とカミンスキーは応えた。

「そもそも、どんな感じの芸術作品を生み出しておられるんですか?」とホルムが尋ねた。

廊下に出た。ホルムが玄関のドアをあけた。うしろをふり返ると、テレーゼがついて来ていた。

「じゃあ気をつけてね、ミゲル!」彼女はそう言って腕組みをした。「気をつけて!」

前庭を通って敷地の外に出た。女がひとりぶらついているほかは、通りに人影はなかった。カミンスキーの手が震えていることに気がついた。

「じゃあ、気をつけて運転なさってください!」ホルムはそう言うとドアを閉めた。

カミンスキーはその場を動かず、反対側の手、杖を握っている手を顔のあたりまで上げた。僕は小声で「残念ですね」と言った。彼の顔を見る勇気がなかった。寒くなっていたので、ジャケットのボタンを留めた。カミンスキーは僕の腕に体重を預けている。

「マヌエル!」と僕は呼びかけた。

返答はなかった。ぶらついていた女性がこちらを向き、近づいてきた。黒いコートを着ていて、髪の毛を風になびかせている。驚きのあまり、カミンスキーから手を離した。

「どうして入ってこなかったんだ？」とカミンスキーは訊いた。驚いていないようだ。

「もうすぐ話は終わりそうだって言われたからよ。私が入っていってややこしいことになったらまずいでしょう」ミリアムは僕を見た。「じゃあ、車のキーを返して！」

「何ですって？」

「私が車を返すから。車の所有者の方と、電話でじっくりお話ししたのよ。はっきり申し上げるけど、もしご不満がおありのようだったら、あなたは窃盗罪で告発されることになるから」

「窃盗なんかしていませんよ！」

「もう一台、つまり私たちの車のほうは、あのあと発見されたわ。パーキングエリアの駐車場で、とても丁寧な礼状を添えられてね。お読みになる？」

「けっこうです！」

ミリアムは父親の腕をとった。僕が車の鍵をあけ、カミンスキーは娘に助けられて後部座席に腰をおろした。かすかにうなりながら、言葉を発することなく唇を動かしている。ミリアムはドアを閉めた。どうしていいかわからず、僕は煙草を一本、箱から抜き出した。最後の一本だった。

「ここまでの飛行機代とタクシー代を請求させていただくから。賭けてもいいけど、かなりの金額になるわよ」風が彼女のヘアースタイルを乱している。ミリアムの指の爪は、爪床ぎりぎりのところまで噛みちぎられていた。そんな脅しを受けても、動揺するようなことはなかった。僕には何も残っていない。だから、もう何も奪いとることなどできないのだ。

「僕は何もまちがったことなどしていませんが」

「もちろんそうでしょうね」ミリアムは車の屋根に手をついて体を支えていた。「ひとりの老人がいる。その人は、娘から禁治産の宣告を受けている。若いころの恋人がまだ生きていることも教えてもらえなかった。だからあなたが助けてあげようとした。そんなふうに言いたいんでしょう」

僕は肩をすくめた。車のなかではカミンスキーの頭が前後にがくんがくんと揺れている。唇も動いている。

「まさにその通りです」

「どうして私がここの住所を知っていたとお思いになる?」

意表をつかれて、僕は相手の顔を見つめた。

「ずっと前から知ってたのよ。十年も前にここに来たわ。父があの人に送った手紙を返していただいて、私がすべて破って捨てたわけ」

「何ということをなさったんですか?」

「父がそれを望んだのよ。いつか、あなたみたいな人が来るとわかっていたから」

僕はさらに一歩あとずさり、背中に庭の垣根を感じた。

「父はそもそも、あの人と再会したいなんて思ってなかった。でも手術を受けてからは、感傷的な気分になっていたのね。父はあらゆる人に頼んだわ。私、ボゴヴィッチ、クルーア、知っている人なら誰にでも。知人なんて、もうたくさんはいないんだけど。とにかく私たちは、それをやめさせたかった。あなたは、また父をその気にさせるようなことを言ったんでしょう」

「何をやめさせたかったんですか？　あの愚かな老女に会うことですか？　それから、あの馬鹿な男に会うことですか？」

「あの男性は、とても頭のいい人よ。あの状況を救ってくれようとしたんだと思うわ。あなたは知らないでしょう。マヌエルがちょっとしたことですぐ泣き出してしまうことを。もっとひどいことになっていたかもしれないっていうことを。そもそも、あのおばあさんはもうずっと以前に、父から自分を完全に切り離していた。父が何の意味ももっていないような人生を生きてきたのよ」ミリアムは額に皺を寄せた。「世のなかには、そういうことができない人が多いわけだけど」

「マヌエルは体が弱いし、病気です。誰かを思いどおりに操るなんてことはもはやありえませんよ」

「そうかしら？　あなたが牢獄という言葉を使ったとき、笑わせてもらったわ。というのは、私たち全員と同じように、あなたが父の手中にあることがわかったからよ。父があなたに二台の車を盗ませ、ヨーロッパの半分にも及ぶ旅行をさせたんじゃないの？」

僕は煙草を唇でくわえた。「これを最後にいたしますが、僕は……」

「契約の話はお聞きになった？」

「どんな契約ですか？」

ミリアムが首を回したとき、はじめて彼女が父親と似ていると思った。「たしか、ベーリングっていう名前だったかしら。ハンス……」

「バーリングですか？」

彼女はうなずいた。「そう、ハンス・バーリングよ」

僕は垣根の上の部分をつかんだ。とがった金属が手に食いこんだ。

「雑誌で連載をするのよ。リヒャルト・リーミング、マチス、そして戦後のパリ。ピカソ、コクトー、ジャコメッティについての回想。マヌエルは何時間にもわたってバーリングの取材を受けたわけ」

僕は、火をつけることすらしなかった煙草を投げ捨てた。垣根を強く握った。さらに力を強め、出せるかぎりの力で握った。

「でも、だからといって、あなたが私たちの家をすみからすみまで嗅ぎ回ったのが無駄だったということにはならないのよ」垣根から手を離した。手の平には、いくつか血の筋ができている。

「もっと早く言ってあげればよかったかもしれないわね。でも、あなたにはまだ残りの部分があるでしょう。つまり父の幼年時代とか、山の上で過ごした長い時間とか、後期の作品の全体について、といったようなことよ」

「後期の作品なんてありませんよね」

「そうだったわね」ミリアムは、まるではじめてそのことに気づいたかのようにそう言った。

「でも、薄い本ならつくれるでしょう」

穏やかに呼吸しようとつとめた。車のなかを見ると、カミンスキーは顎を動かしており、両手で杖をつかんでいる。「これからどこに行かれるんですか?」

「ホテルを探すわ」とミリアムは答えた。「父が……」

「昼寝をしていないから、ですか」

彼女はうなずいた。「そして明日、戻ることにする。車を返して、そのあとは列車に乗って。父は……」

「飛行機には乗らないから、ですね」

ミリアムはほほえんだ。そのまなざしを受けとめたとき、僕は彼女がテレーゼに嫉妬心を抱いていること、彼女には父親の人生以外の人生などないことを理解した。ミリアムは物語をもたない人間なのだ。この僕と同じように。「薬なら、グローブボックスに入っていますから」

「どうかなさったの？」と彼女は訊いた。「あなた、まるで別の人みたいに見えるわ」

「別の人みたいに？」

ミリアムはうなずいた。

「お父上にお別れのご挨拶をさせていただいてもよろしいですか？」

彼女はうしろに下がって垣根に寄りかかった。運転席のドアをあけた。さっきからずっと膝に力が入らない。車のなかに座れば楽になるだろうか。やりとりをミリアムに聞かれないように、ドアを閉めた。

「海に行きたいんだがね」とカミンスキーは言った。

「バーリングの取材を受けたそうですね」

「あの男はそんな名前だったのか？」

「そのことについては何もおっしゃらなかった」

「感じのいい若者だった。とても教養があって。重要なことなのかね？」

僕はうなずいた。

「海に行きたいんだがね」

「お別れのご挨拶をさせていただきたいんですが」

「君とはここでお別れということか?」

「そうみたいです」

「驚くかもしれんが、私は君が好きだよ」

どんな言葉を返せばよいかわからなかった。心の底から驚いていたのだ。

「まだキーはもっているのかね?」

「どうしてですか?」

カミンスキーの顔の皺が深くなり、鼻もとても薄く、鋭いかたちになったように見えた。「娘は私を、水のあるところには連れて行ってくれんのだ」

「それがどうかしましたか?」

「私はまだ一度も海に行ったことがない」

「まさか!」

「子供のころも一度も行ってない。そのあとは興味がなかった。ニースでは、マチスに会うことしか考えていなかった。海になんて、いつだって行けると思ってたからな。そしていまは、娘に連れて行ってもらえない。罰を受けてるんだ」

僕はミリアムのほうを見た。垣根に寄りかかり、いらいらしている様子で僕たちを見ている。

僕はポケットからそっとキーをとり出した。

「お気持ちは変わりませんね？」

「変わらないよ」

「本当ですね？」

カミンスキーはうなずいた。もう一秒、待った。そのあとドア・ロックのボタンを押すと、カチャッという音とともにすべてのドアが施錠された。キーを差しこみ、エンジンをかけた。ミリアムが飛び出してきてドアの取っ手をつかんだ。車が動きはじめたときには、しきりに取っ手を揺さぶっていたが、スピードが上がると、こぶしで窓を叩いた。唇から何か言葉が発せられたが、聞きとれなかった。何歩かは並走していたものの、そのあとは立ち止まっている姿がバックミラーのなかに見えた。腕をだらんと垂らし、うしろから僕たちを見ている。とつぜん気の毒に思え、車を停めようかと考えた。

「停めるんじゃないぞ！」とカミンスキーが言った。

通りが長く続き、やがて家並みは過ぎ去って、すでに村は終わっていた。両側に草地が広がっている。何もない田舎道を走っていた。

「ミリアムは私たちの行く先を知ってるよ。タクシーに乗ってあとから来るさ」

「なぜバーリングの取材を受けたことを話してくれなかったんですか？」

「パリと、例のあわれなリヒャルトについて話しただけさ。君には、それ以外のすべてのことが残っている。それで十分だろう」

「いいえ、十分じゃありませんよ」

道は大きな弧を描いており、遠くに堤防の人工的な曲線が見える。車を道の端に寄せ、停めた。

「どうしたんだね？」とカミンスキーが訊いた。

「ちょっと失礼します」そう言って、車から降りた。後方では、まだ村の家並みが浮かび上がって見え、前には堤防がある。両腕を広げた。海草の匂いがする。すごく風が強い。けっきょく僕は、有名にはなれないのだ。本は出ないし、オイゲン・マンツの編集部であろうがどこであろうが、雇ってくれるところなどない。もう住むところもないし、金もない。どこへ行けばいいのか、見当もつかない。深く息を吸いこんだ。それなのに、どうしてこれほど軽快な気分なのだろう？

また車に乗りこみ、出発した。カミンスキーは眼鏡をいじっている。「今回の旅を私がどれほど夢見てきたか、わかるかね？」

「『ミリオーネンシュピール』ですって」と僕は言った。「ブルーノにウーヴェ。ホルム氏とハーブ関連の製品」

「それから、あの日の出の絵」

僕はうなずき、家のなかの様子を思い出そうとした。居間、カーペット、ホルムの無駄話、老女のやさしそうな表情、廊下の絵。「ちょっと待ってください、どうしてあれを知ってるんですか？」

「あれってどれだね？」

「わかってるくせに。どうして、あの絵のことを知ってるんです？」

「何の話だね、ゼバスティアン」

第13章

空いっぱいに薄い雲の網がかかっている。海は浜に近いところでは灰色だが、ずっと沖のほうでは銀色に近い。パラソルがたたまれた状態で砂に刺さっている。百メートルほど離れたところで男の子が凧揚げをしており、遠くでは飼い主のいないスパニエルが一匹、ひもを引きずって歩き回っていた。ときおり風に乗ってその犬が吠える声が聞こえてくる。男の子は、必死で糸を手から離すまいとしている。布の四隅の部分がはがれて風のなかでパタパタという音を立てており、凧そのものが裂けてしまう直前のように見えた。夏のあいだは船着場になっているらしい木の橋が、水上にまっすぐ延びている。カミンスキーは僕の横で慎重に足を動かしている。砂が靴底にくっつくために、バランスを保つのが難しそうだった。足元のいたるところに貝殻が散らばっている。波が泡を運んできて砂の上を洗い、また引いていった。

「座りたいんだが」とカミンスキーは言った。またナイトガウンを着ていて、しわくちゃになった裾の部分がひらひらと舞っている。体を支えてやり、慎重に腰をおろさせた。カミンスキーは両足を引き寄せ、杖を脇に置いた。「信じられんよ。私はもう少しで、海に来ないまま死んでしまうところだった」

「死ぬなんて、まだずっと先のことでしょう」

「馬鹿なことを言うな！」カミンスキーは頭をそらした。風が髪の毛を引っ張り、高い波が僕たちにしぶきを投げかけた。「私はもうすぐ死ぬのさ」

「僕は……」波が砕ける音に負けないような大声を出すのは難しかった。「もう一度、エルケのところへ戻らないといけません。トランクがありますから」

「何か必要なものが入っているのかね？」

考えてみた。シャツ、ズボン、下着、靴下、過去に書いた記事のコピー、筆記用具、紙、そして何冊かの本。「必要なものなんてありません」

「だったら捨ててしまいたまえ」

僕はサングラスを覗きこんだ。老人はうなずいた。

バッグを引き寄せ、橋に向かってゆっくりと歩いていった。橋の上を歩くと、足もとの木がきしんだ。先端まで行った。

レコーダーをとり出した。じっくりと眺め、指のあいだで回し、スイッチを入れ、また切った。そして放り投げた。レコーダーは浮き上がり、輝きを放つひとつの点として見えた。一瞬その場にとどまり、もう一度わずかに浮き上がったものの、そのあと沈みはじめ、水のなかに消えた。目をこすった。唇に塩の味を感じる。バッグをあけた。

ひとつめのカセットを投げたが、おそらく軽すぎるせいで、あまり遠くまで飛ばなかった。ふたつめはもっと楽に投げられた。その次は単に水に落とした。しゃがんで見てみると、それは数秒間は浮いていたが、波にもち上げられ、その次の波にのみこまれて沈んでいった。もっと長い時間浮いていたものもあった。ひとつは浜の方向へ運ばれていき、あと少しで着くというところで別の波にとらえられ、消えてしまった。

深く息を吸いこんだ。遠いところで船が動いている。甲板より上の部分がよく見えた。クレーンの長いアーム、船を追って飛ぶカモメの群れの、渦を巻いている点の集合体。メモ帳を手にとった。

めくってみた。一枚一枚に、僕の読みにくい文字がびっしりと書きこまれている。あちこちに、本や古い新聞のコピーが何ダースも貼られている。赤で下線を引かれたM・Kという文字が頻繁に登場する。最初のページを破りとり、丸めて海に落とした。二枚目を破って丸めて落とし、次も破った。まもなく僕の周囲の海は白いボールで覆われていた。男の子は凧を飛ばすのをやめ、僕のほうを見ていた。

胸ポケットにもう一枚、紙が見つかった。線がからみ合っており、そのなかにひとりの人物の姿が浮かび上がっているのが、いまははっきりと見えた。その紙はポケットに戻した。もう一度それを引っ張り出し、よく見てからポケットにしまった。さらにもう一度引っ張り出し、今度は海に落とした。すぐに波にのみこまれた。男の子は凧を脇に抱えて去っていった。貨物船はにぶい音を発し、小さな煙の柱を立ちのぼらせている。その柱は上のほうでは風を受けてかたちがくずれ、ぼやけてしまっている。衣服を通して湿気を感じる。次第に寒くなってきた。

浜辺に戻った。スパニエルが近くに寄ってきている。この犬を探している人はいないのだろうか？　肩にかけたバッグを軽く感じた。あとはカメラが入っているだけなのだ。

カメラはどうしよう？

立ちどまってカメラをとり出し、手にもってゆすってみた。ここには、カミンスキーが最後に描いた絵画シリーズのすべてが収められている。ボタンに親指をかけた。それを押せばうしろの蓋があき、フィルムは感光してしまうだろう。

ためらった。

親指は、まるで勝手に動いたかのようにボタンから離れた。ゆっくりとカメラをしまった。また明日には新しい日が訪れる。考える時間は十分にあるのだ。カミンスキーのところへ戻り、横に座った。

老人は手を差し出した。「車のキーをもらおうか！」

キーを渡した。「僕が残念に思ってるって伝えていただけますか」

「ふたりのうち、どっちに?」

「両方に」

「これからどうするんだね?」

「わかりません」

「よろしい!」

とつぜん、笑わずにいられなくなった。カミンスキーの肩に触れると、彼は頭をあげ、一瞬のことではあったが手を僕の手に重ねた。「幸運を祈るよ、ゼバスティアン!」

「あなたの幸運も祈ってます」

彼は眼鏡をはずし、脇に置いた。「それから、世界のすべての人の幸運を祈ろう!」

立ち上がり、きしむ音を立てる砂の抵抗を受けながら、ゆっくりとうしろ向きに歩いた。カミンスキーが片手を伸ばすと、犬がのそのそと近づき、手の匂いをかいだ。僕はカミンスキーに背を向けた。もうすべてに決着がついたのだ。空は低くて広い。少しずつ波が僕の足跡を消していく。潮が満ちてきているのだ。

訳者あとがき

本書はDaniel Kehlmann: *Ich und Kaminski.* Suhrkamp Verlag, Frankfurt am Main 2003. の全訳である。同書は二〇〇三年にドイツで出版されるとただちに新聞雑誌で絶賛され、ベストセラー・リスト上位に躍り出た。これまでにドイツ国内で十八万部の売り上げを記録しているほか、二六カ国語に翻訳され、若き才能としてのダニエル・ケールマンの名を世界に知らしめた記念碑的作品である。

著者のケールマンは一九七五年ミュンヒェン生まれ、六歳のときにウィーンに移り、現在は同市とベルリンに居を構える。ウィーン大学で哲学と文芸学を学んだのち、カントをテーマとする博士学位論文の準備作業と並行して小説や批評、エッセイの執筆をおこなってきた。一九九七年、二十二歳のときに『Beerholms Vorstellung』で華麗なデビューを飾った彼は、『Mahlers Zeit』(一九九九)、『Der fernste Ost』(二〇〇一)などで着実に評価を高める。五冊目の著書である『僕とカミンスキー』は長編小説としては三作目に当たるが、これによってケールマンは単なる

〈若手作家〉にとどまらぬ〈一流の作家〉としての地位を確保したといってよい。本書に続いて発表した『世界の測量』(二〇〇五、邦訳は二〇〇八年に三修社から刊行)がまさしく熱狂的に迎えられ、一七〇万部を突破して戦後ドイツ文学屈指のベストセラーとなっただけでなく、四八カ国で翻訳出版されるという国際的成功を収めたことは記憶に新しい。

ケールマンは新聞や雑誌にエッセイや文芸批評を寄せてきただけでなく、マインツ大学、ゲッティンゲン大学などで講師をつとめるなど、文学理論に関しても造詣の深い知的文学者として高い評価を受けている。受賞歴も華麗そのもので、すでにカンディーデ賞、クライスト賞、フォン・ドーデラー賞、アーデナウアー財団文学賞、ヴェルト文学賞、トーマス・マン賞、エンクイスト賞などに輝いている彼は、全ヨーロッパを視野に入れても〈次作がもっとも待たれる作家〉のひとりと目されている。今後のドイツ文学界を背負って立つ人材のひとりとして、若き作家に寄せられる期待は高まるばかりだ。

本書のストーリーは、アレクサンダー・フォン・フンボルトとフリードリヒ・ガウスというふたりの偉人の世界を股にかけた活動を描いた壮大なロマン『世界の測量』に比較すればきわめて小規模であるが、なかなかに奥が深いものである。

三十一歳の無名な美術評論家ツェルナーは、飛躍のきっかけを得るために芸術家の伝記を書こうと考える。そこで目をつけたのが、〈マチスの最後の弟子〉といわれる画家のカミンスキーだった。不運にも視力を失ってしまったが、〈盲目の画家〉として一時期はたいへんな人気を誇った人物である。彼の家を訪ねたツェルナーは、娘のミリアムがすべてを取り仕切っており、画家本人とは自由に話せないことを知る。ツェルナーはそれ以前の調査で、老画家の若き日の恋人であり、理由も告げずに彼の元を去ったテレーゼが北ドイツで健在であるという情報をつかんでいた。家政婦を買収して家に入りこんだツェルナーがその事実を告げると、カミンスキーは自分をテレーゼのところへ連れて行けと言う。奇妙なふたり旅がはじまる。だが、乗っていた車が盗まれたのを皮切りに、次々とトラブルが彼らに襲いかかる。金がなくなったツェルナーは、彼自身の居候先であるエルケのアパートに寄る。その夜、ある画廊でパーティーが開かれることを知った彼は、カミンスキーを連れて出かけていく。美術関係者たちは老画家を歓迎するが、彼がどんな絵を描いたかを知る者はいなかった。翌朝、ふたりはエルケの車に乗り、ついにテレーゼの家に到着する。しかし、テレーゼはカミンスキーのことをろくに覚えてもいなかった。落胆して外に出たツェルナーは、待っていたミリアムから、カミンスキーがすでに雑誌連載のために別の美術評論家の取材を受けており、ツェルナーの伝記の企画など無意味であることを告げられる。カミンスキーから「海に行ったことがないから、連れて行ってくれ」と頼まれたツェルナーは車に乗りこみ、ミリアムを振り切って海に向かう。ツェルナーは、なぜかある種のすがすがしさを覚えながら、集めてきた資料や取材メモをすべて海に投じる。旅行を通じて奇妙な友情に結ばれていた両者は、淡々と別れるのだった……。

あらすじを記すとこのようになるが、この小説の面白さは、ストーリーを紹介しただけでは四分の一もお伝えできないだろう。なんといっても興味深いのは、主人公であるツェルナーとカミンスキーのキャラクター設定である。新聞や雑誌に美術評を寄稿することでなんとか生きているツェルナーは、芸術大学の受験に失敗して画家になることを断念し、別の大学で美学を専攻したという〈芸術で挫折した男〉である。その大学も二学期しか在籍せず、広告代理店で働いたのちにフリーの評論家として活動をはじめたわけだが、ツェルナーがカミンスキーに目をつけたのは、彼の芸術に感銘を受けていたからではなく、もうすぐ死にそうな人物だから（死後しばらくは世間の話題になるから）、そして誰も伝記など書きそうにないと思われたからに過ぎない。つまり出版界での地位を上げたい、金をもうけたいという欲望だけがその動機であった。それだけならまだよい。冒頭から明らかであるように、ツェルナーは周囲のあらゆる人々に不快感をもたらすような人物である。そもそも『僕とカミンスキー』というタイトルが示すとおり、何でも自分中心に考えるエゴイストなのだ。しかも本人にはその自覚がない。ツェルナーは自分が洗練された魅力的な人物だと信じており、接するすべての女性から露骨な嫌悪感を示されても、相手が自分の魅力に屈しているだけだと考える。誰よりも世慣れた、先を見通せる人間だと誤解していて、その自己過信のせいでトラブルが生じても原因が自分にあるとは思わない。そして、そういった不愉快きわまりない人物が一人称の語り手をつとめていることが、この小説に決定的な滑稽味と複雑な陰影を生む。一人称の語り手が起用される場合、読者は因襲的にその語り手の叙述を信じ、ときには知らず知らずのうちに感情移入してしまうものだが、ツェルナーの不快さは読み手に一種の防御反応をもたらすため、つねに語られる世界とのあいだに一定の距離が保たれる。ここでケールマンが巧みなのは、そのように鈍感なツェルナーの知覚というレンズを通して出来事を中継しながら、彼のさまざまな思い込みが実は完全に空回りしており、本人の気づかぬところで蔑みの対象となっていることを読者にたしかに伝えることだ。他方では、ツェルナーは車掌から「おまえは臭いし頭も禿げるぞ」と言われたことをずっと気にかけていることに代表されるように、かすかな不安、〈衰え〉への恐怖を抱いていることが描写されていることにも注意したい。

そしてカミンスキーという人間像も、それに劣らず興味深い。最初は老いた画家は、目が不自由で病弱であり、娘ミリアムの庇護下でやっと生きているように見える。ツェルナーもこんな弱者なら思いのままに操れると考え、ふたりでの旅行に同意するのだ。しかしすぐに、カミンスキーがとんでもなく狡猾で身勝手な人物であることが明らかになる。老人はツェルナーに金を払わせて二人前の料理をたいらげ、ホテルの部屋に娼婦を呼ぶ。最終的に判明するのは、実は老人のほうがツェルナーを巧みに利用していたのであり、他者を操るという点ではるかに上手であったということだ。『僕とカミンスキー』とは、何よりもそういった主導権争い、権力闘争の物語なのである。また、彼が〈最後のシュールレアリスト〉であり、注目を浴びたのが五〇年代にポップ・アートの美術展において——しかも「盲目の画家」として——であるという設定が絶妙である。すでに明らかなように本書は現代のアート・ビジネス、文化産業に対する鋭い風刺劇となっているわけだが、その中心に位置する人物にふさわしく、カミンスキーは芸術なのかキッチュなのか、あるいはガラクタなのかという観点からいえばかぎりなくグレーな存在である。しかも本人は、〈マチスの弟子〉といわれているのは単に自分が彼の家に居座ったからだと説明し、ツェルナーの調査によっても彼が世界の注目を集めたのは〈盲目の画家〉としてアメリカで紹介されたからであるという。旅が進むうちに、読者の脳裏には、この画家は誤って祭り上げられた偽者ではないかという疑いが生じずにはいまい。しかしここでもケールマンは、カミンスキーがメモ帳に描きなぐった小さな絵において戦慄すべき才能を垣間見せるというエピソードを入れ、そのすべてを曖昧化する。そして、もしかすると彼が偉大な芸術家のひとりなのかもしれないという印象が強まったラスト近くになって、ケールマンはテレーゼの家にあった通俗的絵画という小さなきっかけから、実は彼が盲目ではなかったという事実を明らかにし、読者に大きな衝撃を与える。『僕とカミンスキー』では、複数の〈どんでん返し〉的な仕掛けが読者の物語に対するスタンスに変更を余儀なくさせるのだが、ここでの〈真相の暴露〉はまさに物語のもっとも基本的な部分を覆すものである。なおケールマンは、外見的には似ていないが利己的な精神という点で共通するツェルナーとカミンスキーを主人公に据えたことについて、「伝記作者と存命中の対象との奇妙な緊張状態、彼らがたがいに操作し合うことに興味を覚えました。そのほか、画家を主人公とした作品を書きたいとも思っていたので、両方のアイディアがこうしたかたちで結びついたわけです」と語っている。

そのような関係にある両者、老画家と若い評論家を一種の〈合わせ鏡〉と見なすことも可能だが、この小説が徹底的に〈鏡〉という主題に貫かれていることも見逃しようがない。そもそもカミンスキーを有名にしたのは、鏡を組み合わせて複雑な効果を生み出すという〈反映〉という絵画シリーズであるし、ツェルナーは異常な頻度で鏡に向かって自分の姿をチェックする。そのほかにもケールマンがガラス、水、雨といった類似したイメージを周到に用意していることが深く印象に残る。それにしても、この若い作家のユーモア感覚、スピーディーな場面展開、とつぜん間接話法を混ぜるといった変化に見られる技巧には驚かされる。ケールマンの作品に関しては、すぐれて〈映画的〉であるという指摘がしばしばなされるが、『僕とカミンスキー』で特に目立つのは、ツェルナーが関係者に取材をしたときの様子を並べた第四章であろう。『世界の測量』でも見られる技法であるが、ケールマンは最初は話者が誰であるかを明らかにせず、けっして説明的にならないように配慮しながらそれぞれの人間像を鮮明にしていく。しかもそれらの証言がたがいに矛盾していることが一種の〈藪の中〉的な効果を生み、ミステリーとしての興味をかきたてる。ほかにも、比喩表現のうまさ、スイスの高山地帯から北海沿岸へのロードムーヴィー的な軽快感など、以前から「現在のドイツ文学は、現代文学の必須要素である遊戯的要素、軽やかさの点において弱いと思う」と公言しているその作家ならではの表現が、読者を楽しませてくれることだろう。なおケールマン作品では〈死〉、〈老いること〉、〈天才〉、〈時間の流れ〉が重要テーマとして繰り返し登場するが、本作でもそのすべてがとり上げられている。ちなみに、ケールマンは執筆に当たっては最初にラストシーンを構想し、逆にストーリーを組み立てていったそうだ。実験的な手法を多く試みながら読者を楽しませる術を心得たその作家の今後に注目したい。

最後にこの場をお借りして、口語的表現の訳出についてご助言をいただいたマルクス・ヴェルンハルトさん、地名・人名表記についてご教唆いただいた鹿島茂さんとキャスリーン・アレンさん、直接本書を担当していただいた三修社編集部の永尾真理さんに感謝の念を捧げます。

なお、本作は『グッバイ・レーニン！』のヴォルフガング・ベッカー監督、ダニエル・ブリュール主演で映画化が決定している。

瀬川裕司

二〇〇八年初冬

著者略歴

ダニエル・ケールマン（Daniel Kehlmann）

1975年ミュンヒェン生まれ、現在はウィーンとベルリンに居を構える。父は演出家、母は女優、祖母はオペラ歌手という演劇一家に育つ。ウィーン大学で哲学と文芸学を学んだのち、カント哲学をテーマとする博士論文を準備するかたわら小説の執筆をおこなう。『Beerholms Vorstellung』（1997）、『Mahlers Zeit』（1999）、『Der fernste Ost』（2001）などに続いて発表した本書『僕とカミンスキー』（2003）は18万部のベストセラーとなり、24カ国語に翻訳されてケールマンに世界的な知名度をもたらした。続いて発表した『世界の測量』（2005、邦訳は2008、三修社）も170万部を突破する驚異的な売り上げを記録し、45カ国で翻訳出版されている。文芸学者・批評家としても高い評価を受けており、大学講師をつとめているほか、有名新聞雑誌に批評やエッセイを寄せている。クライスト賞、ヴェルト文学賞、トーマス・マン賞をはじめとする多くの賞に輝き、現在もっとも期待されているドイツ語圏の若手作家のひとりである。

訳者略歴

瀬川裕司（せがわ・ゆうじ）

東京大学大学院人文科学研究科修士課程修了。明治大学教授。専門はドイツ文学・文化史および映画学。著書に『映画都市ウィーンの光芒』（青土社）、『美の魔力　レーニ・リーフェンシュタールの真実』（パンドラ、芸術選奨新人賞受賞）、『ナチ娯楽映画の世界』（平凡社）他、訳書にダニエル・ケールマン『世界の測量』（三修社）、ライナー・ローター『レーニ・リーフェンシュタール　美の誘惑者』（青土社）、ハンス・ツィシュラー『カフカ、映画に行く』（みすず書房）他がある。2003年ドイツ政府フィリップ・フランツ・フォン・ジーボルト賞受賞。

僕とカミンスキー
盲目の老画家との奇妙な旅

二〇〇九年三月十五日　第一刷発行

著者　ダニエル・ケールマン
訳者　瀬川裕司
発行者　前田俊秀
発行所　株式会社　三修社
〒150-0001　東京都渋谷区神宮前二-二-二二
電話　〇三-三四〇五-四五一一
FAX　〇三-三四〇五-四五二二
http://www.sanshusha.co.jp/
振替　〇〇一九〇-九-七二七五八
編集担当　永尾真理

印刷・製本所　萩原印刷株式会社

　ISBN978-4-384-04195-8 C0098